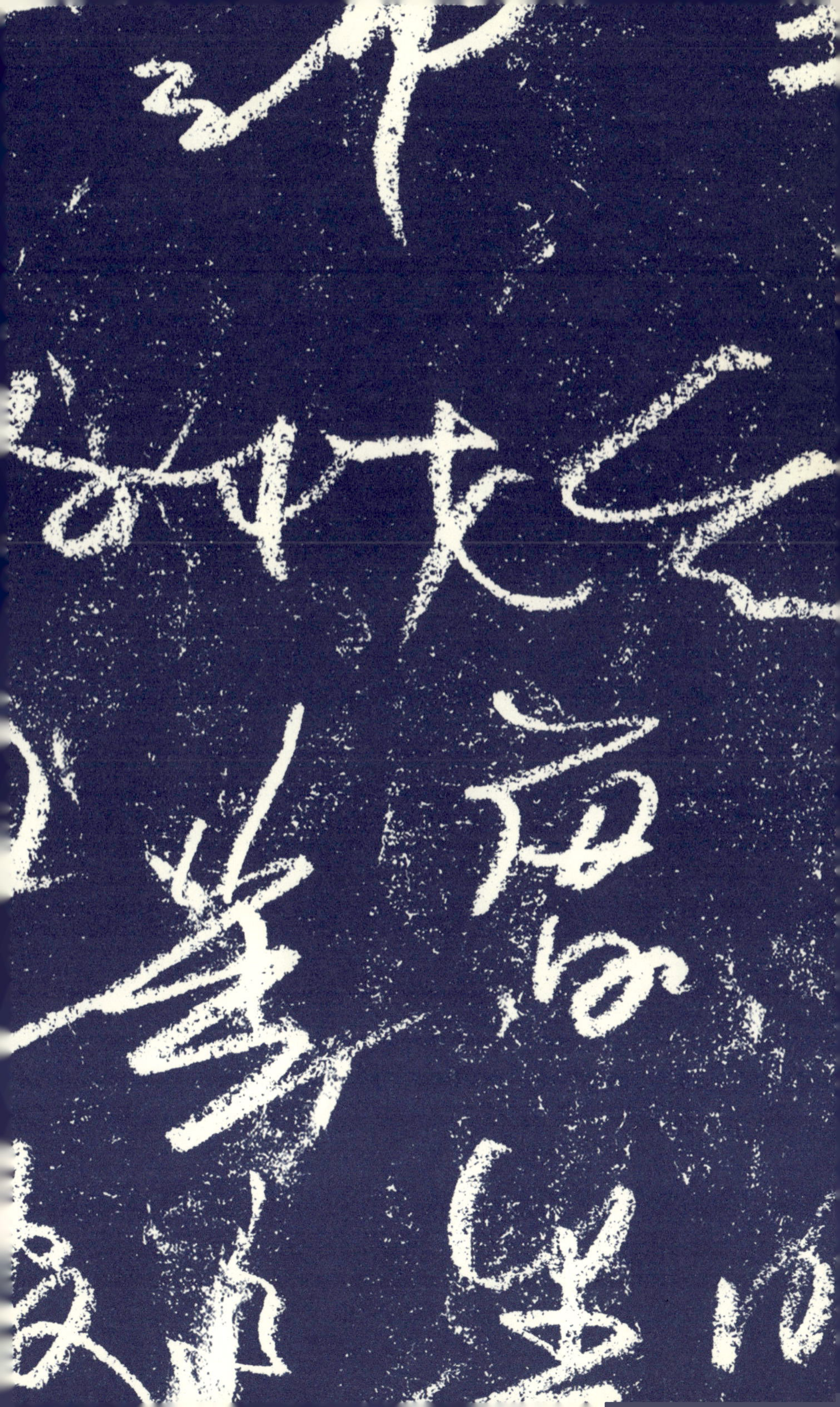

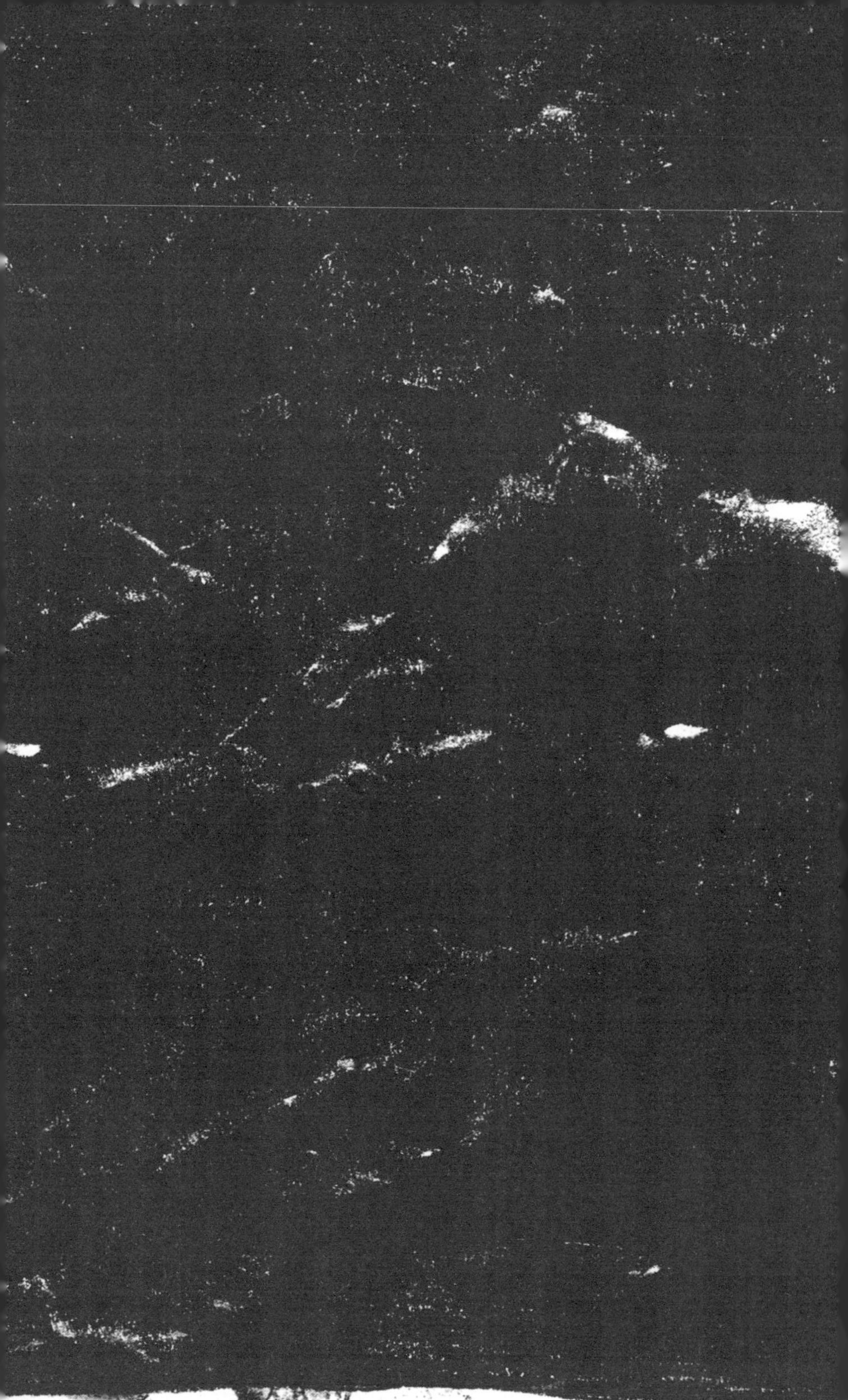

诗镜

SHIJING

哑石 编

《诗镌》(2016卷)

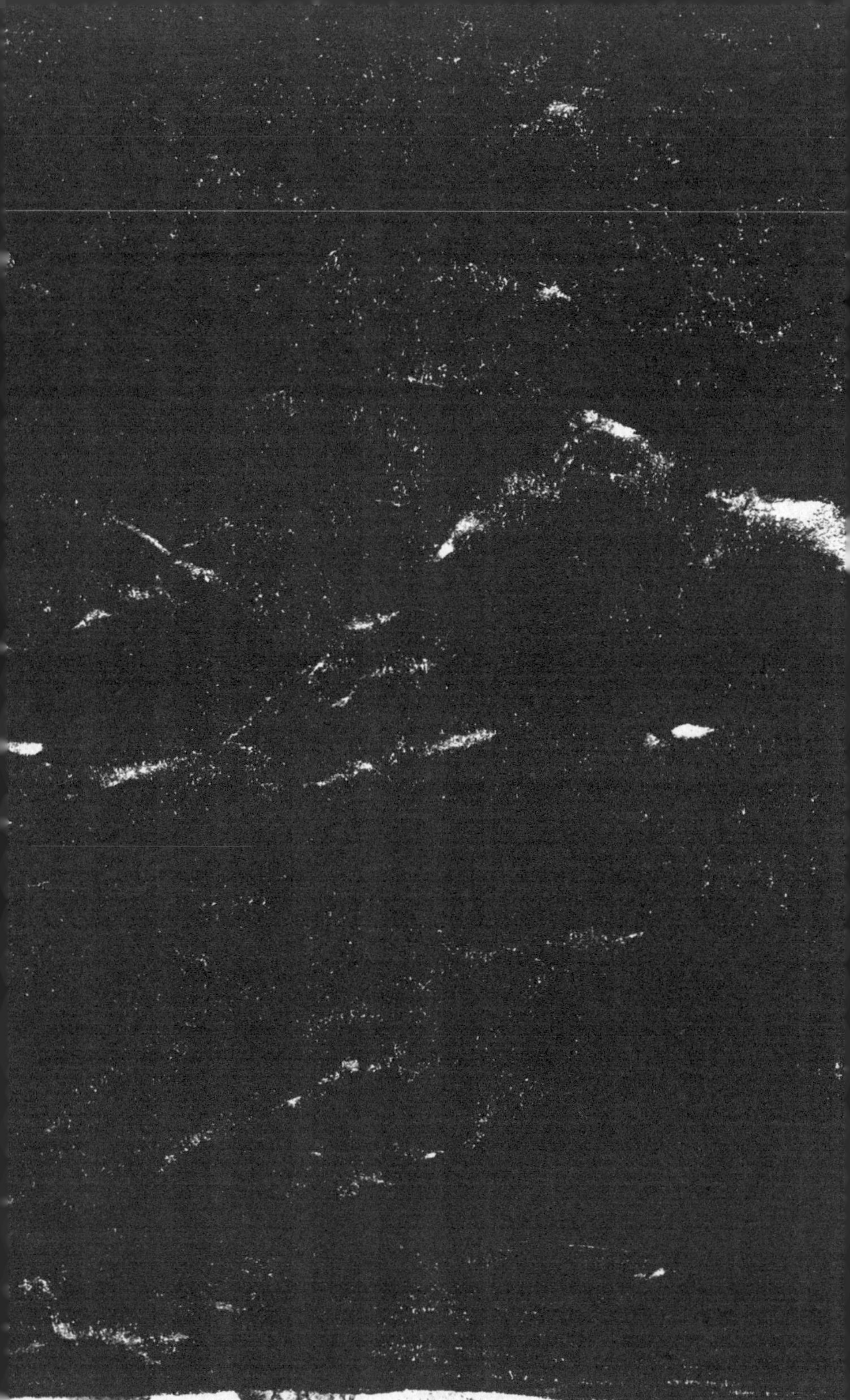

序

因缘聚汇，新诗诞生百年之际，丛书《诗镌》（2016卷）出版；该丛书含《诗镜》《诗蜀志》两本。

1926年4月，闻一多、徐志摩、饶孟侃、孙大雨、朱湘等人，在《晨报》副刊上创办新诗史上第二个新诗专刊《诗镌》。他们，进行多方面理论和写作探索，细究音韵形式，强调“具体的境遇”来纠正流行的感伤化倾向，“第一次一伙人聚集起来诚心诚意的试验作新诗”（梁实秋）。自然，此番重新征用“诗镌”之名，包含了向百年新诗历史上所有“诚心诚意”的前辈致敬的意思。

新诗历程，向来深深卷绕在汉语文化的历史处境和精神处境中，被处境镌刻，亦镌刻着汉语生命的形貌。当下诗坛，活力有目共睹，诸种写作范式纵横交错，希望和陷阱暗通款曲。也许，不必急着对此安下论断。然而，对当代新诗创作者而言，如何在活力中保持一种能动的警觉，并努力于更新一个民族语言的美学认知，进而培养、发展出对当代世界善意的理解力，则是份内的责任和义务。

创造性的诗歌写作，内蕴着一种深刻因而不会被轻易捕获的自由。惟谦卑与之同行，共同努力，“不妨碍健康”，“不折辱尊严”（徐志摩）。

哑 石

二〇一六年八月

目录

SUN WENBO

孙文波

YU NU

余 怒

YU XIAOZHONG

余笑忠

GAO CHUNLIN

高春林

YU XIANG

宇 向

JIANG HAO

蒋 浩

海甸岛

YUAN REN

远 人

湘行诗记(组诗)

ZHAO LAN

赵 岚

ZHANG ER

张 尔

TAN YI

谭　毅

FEI LIAN

飞　廉

QI YUAN

憩 园

QIN SANSHU

秦三澍

001

SUN WENBO

孙文波，

一九五六年生于四川成都。

现居深圳。

羽文波

论自然

一个死去，又一个死去。

还有风中没到达的一个、两个，

甚至无数个死亡的消息。

蜂拥而至的还有悼词；

真诚的、虚假的、装知己的说辞。

这个世界，没有谁的死是死之外的死。

没有谁的死，是不能死的死。

早一天，或晚一天，早一年，

或晚一年，都是必死的死。

尤其是那些被说成世界的损失的死，

或者被看成改变历史进程的死。

我知道，这样的说法不过是自欺欺人。

时间、生命、自然法则。我们看到什么？

没有谁能够让消失的不消失；

它凸显了“万岁”“万寿无疆”等口号的滑稽。

可怜啊！我想起我出生的城市，

它都已经不再是过去的模样——

青石桥已看不到桥，骡马市已看不到骡马；

老南门码头，哪里还能看得到船只停泊；

至于河流，好多条已经消失。

但是，这些地方现在真是热闹啊，

每次身临其中我都头晕目眩。

当然，我每一次所见到的，不是同一群人。

上一次见到的很多人已经死去。

所以，一个人死去，又一个人死去。

死亡消息来得再多我都保持沉默。

我只是看别人哀悼，听别人哭泣。

带狗遛山

它神气，对同类不理会，
一路跑上山。我跟不上，
只好呵叱，搞得它来回转圈。
看得出来，对于出门它非常兴奋，
对草木有兴趣，也对石头有兴趣
（不停地嗅，用尿作标记）。
我呢，跟着它，不过是散散步，
呼吸山野空气。说是洗一洗肺，
不必那么夸张，是烟抽多了，
在户外转转，算自我安慰。
的确很安逸。特别是到达山顶，
我叫它停下来，我们一起眺望大海。
我知道，它搞不懂一艘轮船是什么，
也不晓得沙滩、岛的意义。
其实，我也不晓得。我只是
觉得眺望一下风景，心里很愉悦。
有一刻，我们在石头上坐下来，
在静谧中，听风簌簌吹过树顶。

山尾捕鱼记

——为刘锋而作

刚才它们还在我们

看不到的水底自由自在游弋。

现在却暴露在我的眼前。

我欣赏着它们的美；

真是很美，银白色，流畅的线条。

它们更惨的噩运是过一会儿被烹饪，

摆上餐桌，进入我们的肚腹。

有什么办法呢？在大自然的食物链中

它们是我们享受的美味。

有人说，吃它们可以使人变得聪明。

我们真的已经变聪明了吗？

仔细探究，我无法得到这样的答案。

因为在另外的事情上，

譬如在我们生活的社会里，
很多时候我感受不到人的聪明，
而总是看到我们的愚蠢。
几千年来，文字所记载的历史，
好像非常丰富。但是，国家的建立，
朝代的更迭，带来的城市毁了建，建了毁；
以及现在，为了享受对环境的破坏。
如果可能，再长的海岸线也能被
围成度假的沙滩（有施公寮、小漠湾为证）。
似乎说明，聪明并没有与人类发生关系。
只是让我们的胃口变得更加贪婪。
说实话，我也应算贪婪的一员。
但我知道大自然的惩罚还没有到来。
所以，今天我坐在餐桌旁，
仍然心安理得地大快朵颐。

注：二〇一三年十月，与画家刘锋等人游汕尾，在小漠湾花六百元请渔民下网捕鱼。一网下来得鱼五十余斤，此诗寄其事。

小叙事诗

邻居的四条狗，两大两小，夜晚
在大门外的水泥地卧着，一有动静，
总是最小的那只叫得最凶。可是它
长得确实难看，身上的毛多处掉光，
皮肤泛红。我问过它的女主人，为什么
不给它看病？女主人的回答让我意外，
“看过，就让它这样。”我害怕它会传染
我们养的金毛犬，每次出门遛都不准
金毛犬接近它。不过，从夜晚一有动静
它拼命吼叫来看，这是一只机灵的狗。
的确是这样，好几次它钻过我们的大门隔栏，
跑到院子里躺在墙角，一付惬意神情，
好像那里属于它。在我把它撵走后，
它对我记恨在心，从此见到我就会跳起，

冲向我大吼，让我的心里感觉别扭。

我知道，它并不敢真正扑上来咬我一口，

于是总逗它。我一逗，它吼叫得更起劲。

瞧着它这样，我不禁生出怜悯之心，

觉得它应该受到更好对待。而不是到了夜晚

连窝都没有，只能卧在门外冰冷的水泥地上。

与我们的金毛犬相比，它的命运真是不同。

我们的狗一到了晚上必须在有人的房间待着，

不然的话，整晚上都在门外哼哼叽叽。

仿佛它天生有权力。“这是跟错了主人”。

可能的确是这样。这让我想到狗的

命运其实很诡谲，一旦被命运安排，

除了忠诚，它们便不会有别的表现。

这样一想后，不管这只小狗怎么对我吼叫，

我并不呵叱它。不叫，它能做什么呢？

也许大声吼叫，它在冰冷水泥地上度过的

夜晚才不凄凉。它是用吼叫打发着时间？

洞背见闻录之一

植物知识欠缺，让我不知道
路边树上开放的是什么花；白色，犹如绒球，
密密麻麻挂在枝头，远远望去，就像雪在飞。

我诧异的是每天徒步走在这条路上，
怎么没有注意到这些花开放。它们给我的感觉，
仿佛是一夜之间突然出现的。这让我有点恍惚。

联想今日下雨，难道，它们是雨水的凝结？
这样的联想不免矫情。实际上
我应该感谢自然的神奇，总是给我惊喜。我的确惊喜。

我停下来在树下仰头观赏了它们很久，也拿出手机拍摄。
回到家里还从手机中欣赏它们。我发现它们生长得
很讲究，细如丝线的花蕊，排列得很整齐，犹如计算过。

显然，这样的存在是精心的，绝不简单和偶然。
我为不知道这种花的名字感到惭愧。没有办法，
我只好说：那就写一首诗吧，用诗来谈论谈论它们。

乙未年七月二十八

读史随手记

他在语言中存在：一个南匈奴人，
走在黄河开阔的河滩上，望着芦苇丛，
大雁低飞盘旋。野鸭在水洼中
追逐扑腾。如果你问他是谁。我会告诉你，
他是镜像，也是历史；一个南匈奴人，
骑着高头大马，逐赶着羊群，
在战争的纷扰中存在，经历过无数次死亡，
被鲜卑人杀死，被汉族人杀死。但他仍然活着，
在荒凉的黄河边走着，一直走到这首诗中，
撕裂纸页。他可能坐在一处隆起的
沙丘上眺望落日，也可能站在改道的黄河滩上，

想着捕鱼。或者他对视线中每一座山顶上的塔，
以及由远方矗立的成群华表构成的天际线很好奇。
不过，他肯定感受到族群消失的悲哀。
一个南匈奴人，我在一首诗中看他，思考着怎样
把他带到遥远的南方，让他与我在海边一起散步，
谈论现在。我告诉他什么？历史的沧桑
如大戏。他所经历的已经消失。一个南匈奴人，
他长得高大威猛，或瘦小羸弱，不重要。
只在我的诗中存在，现实中已没有位置。

二十世纪七十年代前期

领袖的命令使我从城市下放山里，
在原来为牲畜修的房屋住下，开始改造
灵魂，把风声听成下雨。喝得烂醉时，
像一片青冈树叶从山上飘到山底。
成年妇女裸露的乳房，吓得我从少年变成男人。
半夜偷菜时，坐在柏树林中琢磨人的劣根性；
我关心的，不是国家什么时候换领导人，
是如何解决青春期的苦闷。为了锻炼身体，
也是为了壮胆，不停地站在水库的悬崖练习跳水。
每到公社赶集，背包里揣着三角刮刀，
守在剑门关的古亭，为的是捡一只烟蒂。
与人打赌穿过坟场，是要证明赢来的猪肉好吃。
把一只乌龟垫在床角，半年后发现它仍然活着，
像一个警告反射出我应该活的方式。
我还在玉米地抓蛇，用牙齿咬破它的皮，
看它中毒的伤口慢慢肿胀，然后死去。

也曾把健壮农民的手臂用扁担打断，
以此证明自己也能把秧苗插得像卷尺量过一样。
穿着露出花絮的棉衣用背篓背潮湿的牛粪，
粪水滴淌透过衣服与汗水混合在一起。
双脚长期在田里浸泡就像煮熟了剥皮的洋芋。
长夜里，我苦恼的是一本宋词选被翻得破破烂烂；
不想翻动时，坐在屋檐下数天上的星星，
不懂天文学，我分辨不出天蝎星座的位置，
狮子星座和仙女星座又在哪一个方位。
而我的房门正对着的山峰——因它有军舰的造型，
无论什么时候看，都犹如在天空中航行，
让我觉得自己越加渺小，涌出莫名悲伤。
在悲伤的驱动下，我曾经面对着千年古柏跪下，
好像它的内部有能够听懂我抱怨的神；
除非命运有转机，否则我不想感激生活。
我的确在连续几个月没有蔬菜吃的日子里，
诅咒生活就像干涸的堰塘里腐臭的死鱼。

九月

我说过到了九月，精神的复苏
将会发生。为此我用了一个夏天等待，
把全部精力放在与酷热的对抗上。
事实果真如此。当身体感受到秋风的到来，
有了凉意。我只要坐到桌前，稍加思索，
短短的十几分钟就能写出一首诗。
每一个句子都似乎自动冒出来，
像脑袋中有语言流水线在平稳、有序地运行。
我并不知道为什么会这样，但已经欣然接受，
并告诫自已，对任何事情不能强求；
譬如写不出来时绞尽脑汁也要硬写。
过去我这样做过，但是效果不好。
一首诗的出现必定与我们体内某种物质的变化有关；

而物质的变化又与自然的变化有内在的联系。
这是不是神秘呢？的确非常神秘。
这种神秘就像面对苍穹，不管怎么仰视，
我们也无法参透它的浩淼中到底存在着什么；
哪怕经过长久的凝望，我们以为已了解某个星座，
譬如天蝎星云，最后发现事实根本不是那样。
我已经不再像年轻时一碰上写不出来人就变得焦虑。
我已经可以几个月，甚至半年不动笔，
像游手好闲的混混，整日里不想写诗的问题，
只是读读书，或者沉溺于吃喝玩乐。
这个夏天，我参加过多少次聚众宴饮啊！
有几次甚至喝到东方既白。好像自己真醉生梦死。
其实我知道，那不过是在等待新的开始。
就像写这首诗时的过程就是这样；
我从上午淅淅沥沥的下雨声中醒来，
打开窗户，看到被淋湿的树叶发出油亮光泽，
呼吸了几口潮润而带有草木味的空气，
转身回到桌前一口气便写下了这首诗。

春天信札

我们通话以后，世界又有改变。
这种说法你是否相信？我说的不是时间，
自然的循环往复，天气的确正在转暖。
我说的是疾病查明，已经侵入身体，
浓稠的血液将会堵塞心脏。大夫说如果某天它
突然出问题，一切就完了。但这并没有惊吓到我。
我仍然不听医嘱照常胡吃海喝。只是觉得
应该把眼睛睁得更大，再看一看世界；
虽然过去也一直在看。我先是独自驱车到达重庆，
在朋友家盘桓了几日，见不少人，经历几台大酒，
游览一处新景区，走了几千级下山的台阶；
然后，一天奔驰上千公里，到达永州，
参观怀素千字碑、柳子庙和零陵古城。
得出什么结论呢，天下美好，或者不好？都没有。

关于天下，我其实已无话可说。

包括最近的诸多举措，很多人说看不懂。

一些人更是以民间政治家的身份讨论得面红耳赤。

这一切我敬而远之。管他们说红还是说黑：

我清楚的是，我们正穿越在昏暗混沌的时代。

俗话说一叶知秋。现在报纸上有言论充满火药味。

有山雨欲来风满楼的架势，人心因而惶惶（真是丑陋）。

这样反而让我平添了看戏的心态，

觉得戏子们再一次纷纷登台。但小丑仍然是小丑，

他们变脸的戏法玩得越来越嗨了（这可是新词汇）。

说明了什么？说明谱上仍有旧戏。

所以我"按既定方针办"，还是回到了洞背村。

在这里，我照例读书写诗，带狗进山徒步；

只是增加了一天三次，吃清理血管的药物。

当然，有时我也与黄灿然下山逛一逛超市。

谒铅山县稼轩乡辛弃疾墓后作

蝙蝠张开的翅膀下，你安眠。
广阔的稻田和青葱的山林被你凝视。
我远道而来已近傍晚，匆匆拜谒便离去。
过程中，我点燃两支烟，权当香烛，
放在你的面前。其实，我在石阶上
坐过一小会儿，把自己融入渐渐飘浮的雾气。
那一刻，寂静就像一根刺插入我心中。
我想到在信江边见过的你的塑像，
塑得高大伟岸，远远就能望见。比较起来
这里太简陋。你墓碑上的字迹已斑驳残缺，
墓顶亦是杂草零乱。虽然没听见鸦的叫声，
却感觉有它们存在。那一刻，我说
找到你不容易，一路上我错过了几个路口，
反复折回。在最后一段路还脚陷泥沼，
坑洼不平的爬坡小道，我走了很久。

注：稼轩先生墓所在的山，状似张开翅膀的蝙蝠。

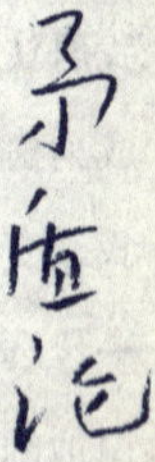

反复地，我心中被一个声音困扰，
你究竟要干什么？它迫使我问自己
我能干什么？这个春天，阴雨不断，
屋子里所有的东西都在长霉。
我发愁，我沮丧。我什么都不想干。
我说：谁在问我？我努力捕捉声音来源。
发现它不是来自一个方向；譬如天上。
不是地下。它来自四面八方。对我呈包围之势。
为什么？我不得不审视自己的行为。
但是没有找到不妥当之处。
很久了，我什么都没有干，从一月到四月，
除了回到父母身边过春节然后回到洞背村。
我没有写诗，没有做任何能称作有意义的事情。
只是每天带着狗在山里徒步，观山望水。
这有错吗？节气的变化，我看了。
无非是树林里新绿代替旧绿。无非是花开了，
燕子又来到我的屋檐下筑窝，孵仔。
这些我过去已经写进诗里，没有必要再写。
我知道，在我们生活的世界发生了很多事，
有人平白无故失踪，有人治病致死。
有人房屋被强制拆毁，有人被“不正确”；
还有突然燃烧的森林大火吓得数万人逃离居住地
……

我居住的洞背村，对面的山亦被掘平，
成为建筑工地，机器每日轰鸣，带来噪音。
我改变得了这些吗？就此我想起两天前，
一位远在德国的中国年轻翻译给我来信，
说他的老师美国诗人某某遽死，
为纪念她，想编一本诗集，希望我给他诗；
信后还附上他所译的某某的绝笔诗。
我读了这首关于诗人的诗，算得上好诗。
诗中谈论了很多诗人。她写的那些诗人，
我只猜对了两位，她写道：
“一个横卧在铁轨上，而某某某事件转瞬将至”。
“一个备受尊敬还在写着，尽管视力已离他而去”。
其余的我不知道他们是谁。只觉得她的描述中，
所有诗人都像精神病人。这太可怕。
我欣赏某某的这首诗，却不愿意像她那样写。
我不想再把诗写得失望、沮丧和愤怒。
我想变化。写一种平和、安静、宽恕的诗。
宽恕什么？宽恕自己。但变化太难了。

我遭遇到的，不仅仅是对题材重新下结论，
还有语言问题。怎么找到新的形式、音调和节奏。
我发现我的处境就像马车夫改行开汽车，
碰到换挡、加速、减速、刹车等一系列问题。
它们导致我什么也干不了。这当然不对。
从大的范围说，我们生活在充满变化的世界。
需要记录它的变化。但记录什么？
记录现象很容易，记录内在的起因却非常困难。
譬如我可以记录一场车祸，也可以记录
在街上经常碰到乞讨的残疾人；记录他的卖唱，
他裸露出皮肤肿胀发紫的大腿。或者我可以
记录因手机被偷而痛哭的女人。还可以记录
一顿聚会晚餐两个喝多的人胡言乱语。有用吗？
同情如此廉价，无法深究本质。我不能把文字
使用成照相机。诗歌，所应解决的是万古愁；
死亡轻松地获胜，阴影处处笼罩人生。
哦，“万古愁”。作为一个词，它已经被用滥。
滥，带来了意识的扭曲和自我陶醉。
使我明白，那声音其实是滥用和创新的矛盾。
在我心中响，似乎是矛，更多时候是盾。

002

YU NU

余怒，

一九六六年生于安徽安庆。

现居安庆。

乎然

蜗牛

（组诗）

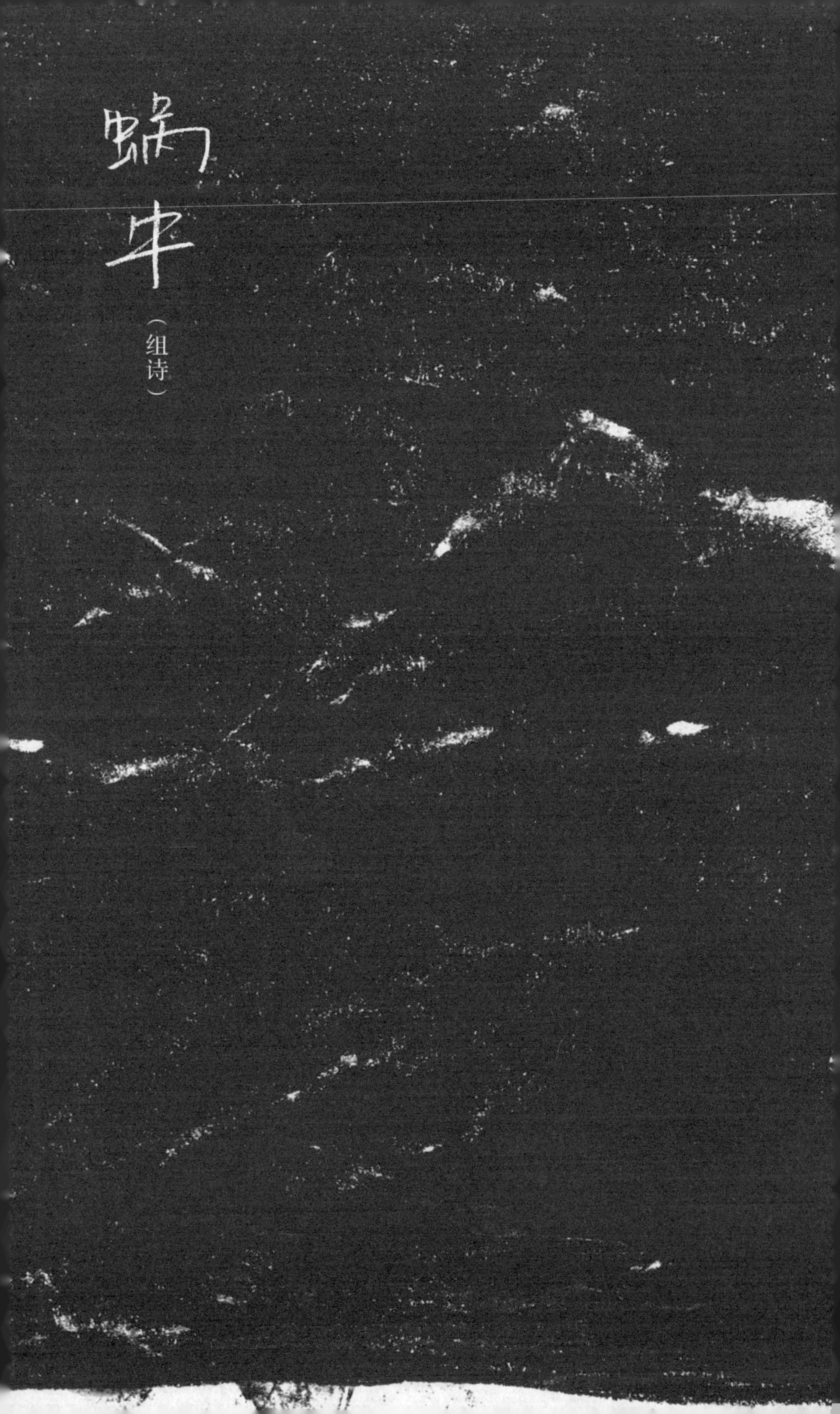

地平线

夏日傍晚，
我去观察地平线。
那儿，一会儿，有东西跳出来；
再过一会儿，又有东西跳出来，
仿佛是为了这里的平衡。
不是太阳月亮星星，
不知道该叫它们什么。
在江堤上，我躺下来。
这么多年不停地衰老是值得的。
这么多年没有任何东西出现消失，
没有任何意义上的惊喜，
地平线从来没有抖动过。

石头阵

将石头垒成
一圈，站在里面。
我对圆圈不感兴趣，
也不是有什么疑问，
针对被蒸发后
直立的原野，
它的伪装机制。
大石头，小石头，圆的，尖的。
这使我想到我这个人
并非与生俱来，横穿
两个世界（因为遗忘）。
切割立体的琥珀宁静。

更遥远的

不知道“同一”
“现在”“永恒”所由来，
那是象牙雕刻的。
刚出生一小时的婴儿，
啼哭着，找寻乳头，
孤寂和依恋所由来。
恒星正在变成白矮星。
绝对的金字塔和关于它的物理学。
我知道另一个星球上
的很多事，却不知道
这里发生了什么。茫茫中，
接受某种停顿。固态火。冰冻鳕鱼。

圆顶房子之谜

早上八点钟

至九点钟，是写作时间。

通常我不干别的。

远处有一栋圆顶房子，

房顶上有一架天线。

我穿着新布鞋，走过

条纹石路面，靠近它。

一边想着刚才的句子，一边

好奇于那房子里的主人。

迷茫是我之一种，但仍不确定。

我感到身子的三分之一在旋转。

我变得不能识别事物，也不能说话。

有所获

清晨我写下第一个句子，
来到户外。
我在考虑，什么是
“巨大的东西”，尤其是
那“巨大”为何物所容？
横亘于水库上的一座桥，
远处柿子树上的一树柿子，
更远处黑暗星球的大气层。
我想我应该属于
极少数无知的人，
在花丛间获得静电，
在雨中获得雨滴。

周而颤栗

凌晨小区，
许多婴儿在哭啼。
石头在石头上滑动。
每一件东西，百叶窗、树、
流星、螺旋，现在
都在它的位置上。
我对占据一个人
这么大的空间感到愧疚。
而水晶，甘愿让出它的
内部：结构主义的欢愉。
我可以一部分一部分地死去，
以此减少痛苦同时孤单纯粹。

不仅仅因为寒冷

冬天带来许多问题。

山上积雪，爬不上去。

爬上去也四顾茫茫。

在山顶上我想

那被人称为“我”的

一团东西它是什么？

还有河水问题。古老的水中生物。

我看见一个人，抱着

湿衣服，坐在铁栏杆上，

双腿悬着，望着河面。

他在盯着什么东西看。

波浪因为不动而不像波浪。

互相确定

正在消逝的部分。
有一个窗口向外。
我确定我醒着并且还在这里。
我喊起同室的伙伴，互相
确定。然后我们来到屋顶上。
很多建筑，高过
我们的屋顶，被雪覆盖，
吱吱嘎嘎摇晃；共振的还有
香樟树、华榖树、刺槐。
这时，我们可以用任何名称
称呼任何事物，不会因
一时找不到相称之处而恼怒。

在什么的边缘

首先是

我不能预知未来。

坐在窗前，看窗户

如何移动（这种错觉很有意思）。

在许多人眼中我变得无法解释那么什么是

时间呢它不能没有名称我不是法外的游鱼。

接下来，看见窗外

有一棵石榴树。

也就是说，虚无正以石榴树

及其石榴的方式呈现在那儿。

我不相信虚无但我相信一棵石榴树。

或者无边无际。

不速之客

冬天让我们知道，
忘了其形体的某个人，
并不存在于身体之外。
她来敲你的门。
此时若没有
一点儿惊讶，
那即是直觉。
树上结了个很小的果实。
你爬上树梢，摘了它，
将它与周围的一切剥离。
那是关于时间的科学（关于她，
她的外在表现），尚可让人接受。

低语

桥下，一条蛇在游泳。
脑袋昂起，凝视我数秒钟。
我觉得它传递给我
一种信息（这完全可能），
但究竟是什么，我也说不清。
河堤那边，椋鸟、
野猫和黄蛉在叫着。
各种语言的使用者不相
往来的妙处——谁安排的？
这些都是空间问题。还有这些。
那么长时间我在桥上，
感受流星的微小辐射。

玻璃塔

黄昏时，满目的
斜曲线和圆柱体
飘浮在空中。
这是快下雪了。
那些忧郁的建筑，
教堂、图书馆、医院大厦，
无一物因其静而独自存留。
我站在窗边，学着观察星星，
想想它们，再想想
一些更遥远的事情。
我真该是一个瞬间，
或一座关得住瞬间的玻璃塔。

不可见的

此刻安静表示：

时间将在早晨

追上我们。

在窗前，我轻声说：

“谢谢光。”它使这个房间

扩大了一倍，却仍然

保留了一些东西。

那里你站过的地方，现在

是一个空洞（还在移动呢）。

我看不见它的里面但

触摸到它的边缘，就像把手

放在裂开的带刺球茎上。

在无知觉状态下，
吃下一颗桃子。
正是这颗桃子，
提示我在。
我正在这儿坐着。在椅子上。
屋外，夜间锻炼者的跑步声。
地板上，某人寄来
的包裹，尚未拆封。
五十岁，内心欲念
变得清晰：我拥有不同时候的我
——他们还是被保留了下来。也可能是
某种透视所致。

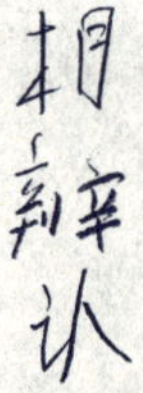

春日练习

在山坡上野餐。
紫地丁比梨花更有意思，
不是因其紫、其慢。
某些时段，妙至中断。
我常常会选择一两个
不合语法的句子来描述：
女儿嗓音；织物上，
细密针脚；昆虫醒来。
瘦鸟直直落入荒草，
仿佛荒芜是它的自我。
我也试着这么将自己
放入山顶的澄明辽阔中。

003

YU XIAOZHONG

余笑忠，

一九六五年生于湖北蕲春。

现居武汉。

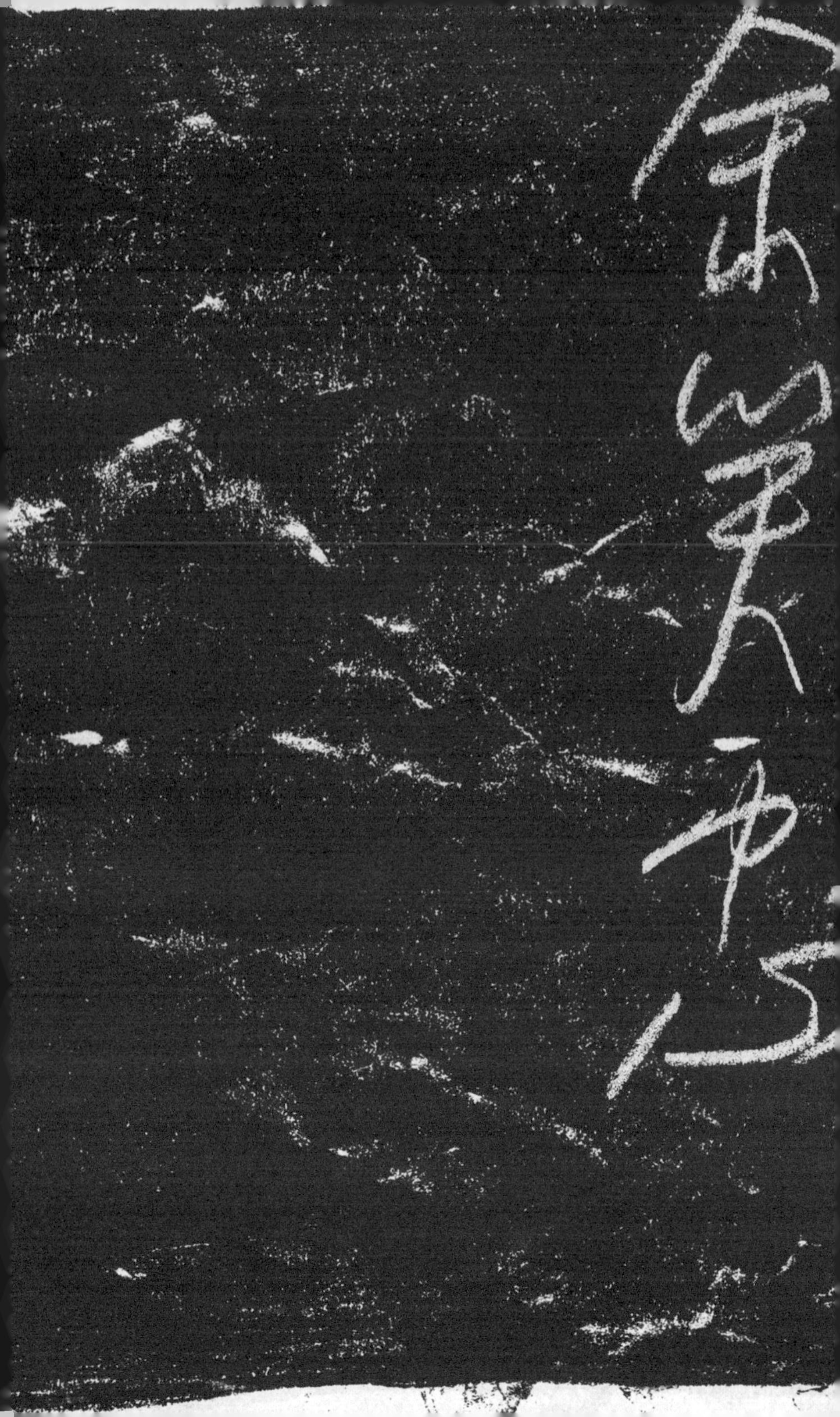

谐谑曲

指挥家传授的秘笈：永远不要
朝铜管乐手注目
否则，他会格外卖力

我的心里也有一个小号手
每当午夜时分
他便圆睁着双眼，使出吃奶的力气
他顽劣的一面
让我迷恋，让我焕然一新

像迟来的雨，我们为之祈求：
大一点，再大一点，好让我们悲愁的双眼
明天看到碧空如洗

但低沉的弦乐，跟不上
直上云霄的小号
像屡屡沸腾的水壶，积下坚硬的水垢
像奔腾的大河，变成了一个嗜睡的妇人
波澜不兴的乳沟

急不可待

磕破的鸡蛋要快速放入碗里

人人都是这么干的

失手的家伙被骂作笨蛋

好像可以把过错

推回给无辜的鸡蛋

急不可待

太多的眼睛熠熠生光

巨石缓缓碾过

一堆碎石

为一尊王座作最后的铺垫

猫和老鼠

父亲走后，家中的耗子多了
人气一少，耗子也来欺负
孤独的人
与母亲为伴的是一只猫
没有鱼肉伺候，它连差事
都懒得应付。或许是
寡不敌众吧

母亲的睡眠不大好
各个角落的耗子，看不见，赶不走
像一件一件烦心事
我在梦中杀过耗子，杀过猫
或许我对猫的憎恶
超过了对老鼠
我梦见过一只光溜溜的幼鼠
爬上我的脊背，那种冰凉
超过了肉身所经受过的所有冰凉

惊梦

有一回，我居然梦见了慈禧太后
和她的长指甲
她的长指甲表明，她并不需要环握住什么东西
没有谁敢于动她一根指甲
她向我夸耀她的指甲还在生长

她俯身对我耳语：“我还有一颗妇人之心
妇人至痛，莫过于分娩死婴。”一股凉气
令我惊醒……我摸了摸我的脸
以确认它即使被抓挠过，也像新土豆那样
只是被蹭掉了一块皮

总是在夜半醒来……

像从尘埃中爬出来的人
缓慢地动一动四肢，以确认
它们完好无损

像从尘埃中爬出来的人
抚摸额头、眼睛、鼻子
双手抱着肩胛
一边是热的，一边是凉的
但所有这些，加起来
又什么都不是
像夜半这个时刻

像从灰烬中爬出来的人
在漏水的水管前，缓慢清洗
面容越来越模糊，但已无所谓
要止住的是暗中喷涌的一切

木芙蓉

如今我相信，来到梦里的一切
都历经长途跋涉
偶尔，借我们的梦得以停歇

像那些离开老房子的人
以耄耋之年，以老病之躯
结识新邻居

像夕光中旋飞的鸽子
一只紧随着另一只
仿佛，就要凑上去耳语

像寒露后盛开的木芙蓉
它的名字是借来的，因而注定
要在意义不明的角色中
投入全副身心

生日诗

寒冷的一天，雨夹雪
人们辨认出
混迹于雨中的雪花
雨是现实，雪是旧梦
我推测五十一年前的今天
也是小寒，虽曰小，实为最
我是双亲的头生子
我的父亲母亲会依我的年龄
推算他们自己的年龄
就像我常以自己的年龄推算他们的
仿佛这样更牢靠，更确定无疑
就像后来，我的父亲走了
我依然这样推算
就像如今，我想把父亲所应享的天年
加进母亲的寿命里
为此，我将继续混迹于斯世
上帝没有旧梦
灶膛常有烟火

小树的立场

痛恨是容易的
霹雳降低了天空的高度
极端是容易的
像一个人宁愿死去
而不再受累于死亡
呆滞的玻璃珠是容易的
任烈日炙烤，任大雨倾盆
癫狂是容易的
一个醉鬼转身，扬手，掷出的飞梭
也许正中靶心
黄昏时驱车经过一座监狱
有一位朋友正是从那种地方出来的
他记得围墙上有一棵小树
所有的神秘都集中在它的身上了
那棵小树，它每每长高一寸
日出时，围墙便矮下去一分
日落时，围墙便高出一分

秋歌

下午，老烟鬼苦涩的嘴巴
转而寻找甜点
以及更甜的
幻想之蜜

爱情一派稚气。连绵的秋雨
陷入迷茫
不过雨再大，也不会决意成为
一场伟大的雨

一只老斑鸠沉闷的鸣叫
听起来不像是斑鸠
而是另一种鸟，模仿春天的鹧鸪
它太老迈了，以至于反复诉说的宏愿
变成了含混的嘀咕

暴雨中的低语

暴雨一遍遍洗刷着玻璃窗
我坐在窗前一动不动

远处，沉闷的雷声催促着什么
玻璃窗的另一面，愤怒的暴雨
犹如热锅中的螃蟹

夜里，闪电以其快速的明灭
告诉我们不要和广大的遗忘对视

夜雨像莫名的悔意。在我的梦里
晚归的父亲拖着浮肿的双腿
石头，带着它的伤痕
从高处滚落

我要瘦下来，像喜马拉雅之鹰
清空肠子，净其骨骼，敛息静气
为翻越
连绵的万仞雪山

004

GAOCHUNLIN

高春林，

一九六八年出生，

现居河南郏县。

同書妹

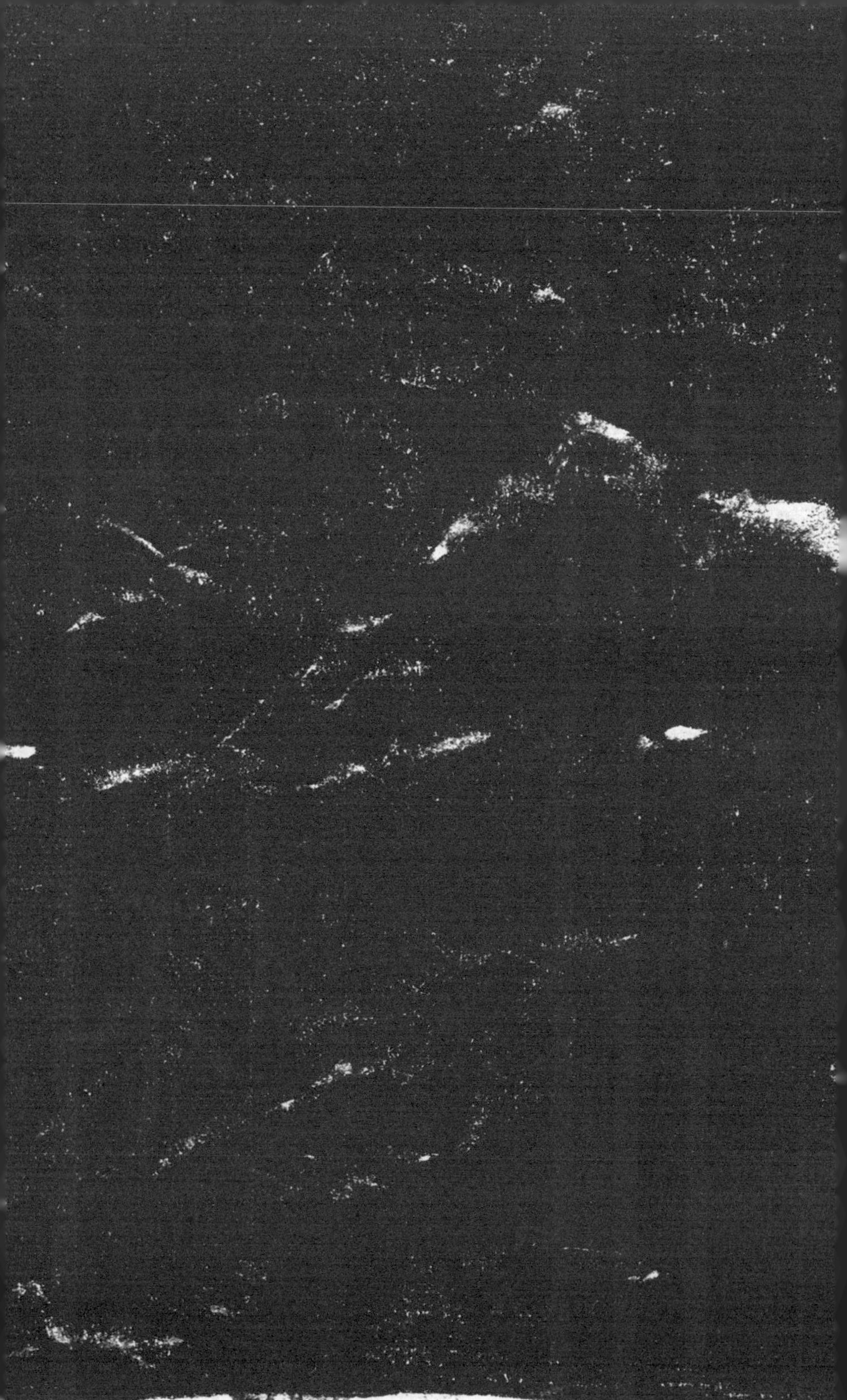

麻醉剂

麻醉的“醉”指定不是你想要的那个
醉。你的个性到最后，指定
不个性——我说的就是麻醉剂。
你懂了吧，在色彩、沈小阳、
职场女出场的夜，丁采臣消失了。
黑暗给了我两条路，一条是
在深渊里叨麻骨，一条是闭目
给世界养一丝光。你不清楚，
选择后，我才属于我的词。
你还不清楚，村庄消失以后，
非人多了起来，有时我走在大街，
很怅惘，因为那些灯都有点假。
你没有隐身术，却有面具，
可是我什么也没有，我不被麻醉
还能是谁？说这些貌似病态
到非被麻醉不可救药——人们
都醉了，你还采臣个鬼。
唯一依赖的是，我不说，我也在
我的光源上。红白萝卜的早餐
省略了隔夜之旅，楼下
有一辆轻便自行车，你指不指望
它都不重要了。醒来。在窗外，
静极了，光亮在敞开——

异地之夜

今夜，将在这里安居。在一个
偏远与安静里。有莫名的转向——
我喜欢的转向。我们绕过一条旧街，
火车站稀拉拉的人，站牌，音箱。
黄昏虚无地走着，我们清晰地起伏，
合拢四周的，是忽明忽暗的陌生。

去哪里呢？去哪里还是显得重要，
在陌生，以及相对陌生的一个世界。

本地搅锅菜与微信交换眼色——
周末从这里开始吧。不百度地图，
不困惑于偏僻，风吹来蝴蝶的颜色。

这时一个街边人突然拦住
去路，说：住不？你的惊怵瞬间
传递给我。我意识到这是我们的夜。

夜，湮没了风景，或者我们
只是彼此的风景。不，是一同的风景。

异地的夜是什么，神秘？
不是的，在这里夜是一张网。我们在
网里，我们还将网收紧，以至于
你是我的温暖，我给你——
打铁声，从这个小城的深处传来，
打铁声很真切，貌似在我们的身体里。

一扇扇门
在我身体里和
疼痛较劲

梦见好多门，我一扇扇打开，
醒来时疼出了汗。可我还想着
那些门，那重叠的，各式的
漂亮门环，手感，不易觉察的颤抖。
医生说，放松点，越放松越好。
我的手还在门环上，那些门
通向未来或过去？门向我友善地笑，
笑出了声。这会儿我咬了咬牙，
暖水管道发出流畅的水声，
“咕咕”“咕咕”，在演示慢的节奏——
不再行色匆忙？向后转也是一扇门？
我该问问。可我不能躺下来。
医生的手在我的腰间，在我全身

波浪滚过，有轻微的声响。
我随着一道光线，又走近那扇门——
从前是开着的，这次我推了一下，
几个人与“呼呼”的冷风抗争着，
我走过去，为他们打开了下一扇门。
医生的手或谁的手，偶停偶动，
我在神往与恐惧之间，接受
时间总是不连续而残缺的，不，
是尖锐的，眩晕。这不是在说梦，
真的，光线那么充沛，
在我的身上，在我看到的所有门上。

所经之处没有哪里不在建

我们在空中掘一个墓，那里不拥挤。

——保罗·策兰

在白天建在夜里建，在祖国的
身体上从不间歇地我们建。我们
无上荣耀啊大时代，我们貌似
拓疆的黑马，在从南到北的大地上
我们建。逐着波涛也逐着飞鸟的
嚎叫我们建。起伏的楼群
热切地奔跑着我们建。我们彼此
赞美着祖国的河山我们建，我们是
缔造者啊我们建，我们像前夜的
革命者缔造着霾我们建。越来越高了

从平地到高原，在上升的欲望里
我们建，见到十八层了，恍若说到
地狱，住进去我们建。汹涌的浪
波及你的村子了，你的村庄在哪里？
在铁丝网拉起的美学里我们建。
我们的理想城艳遇了鬼城我们建。
我们是前进的使者，我们召唤了
万水千山，“千山鸟飞绝”我们建。
我们给我们的未来加冕，没有歌声
不是问题，我们唱着大跃进的
进行曲我们建。疆域浩荡，没有哪里
不能建，实在不行了就拆了建，
在文明的废墟上我们建，在古村落
明澈的瓦上我们建，在折叠的
光线里折叠着我们的身子我们建……

注：题记引自保罗·策兰的《死亡赋格》，王家新翻译。此诗也有仿于《死亡赋格》之意。

山河在，兼致瑶瑶杜甫

国破山河在。

——杜甫

山河在，是琴弦般的在，
是高贵不需点缀、独自的在。

一个笔架，N种漂泊。
我推着我的波浪，像松针
尖锐于细密的微现实。

我是黑暗里的反光，我落雪，
在和语言的搏斗中有一张
清瘦的脸，先于词。

我感时，时间里有无数空洞；
恨别，别的世界一样暗。

我就是一个失明的人，
在不可能中捡回可能的石子、
梦的地图，还有迷宫，
像城市蛛网似的蒙蔽圈。

山河在，就是滚滚的石头在，
让我跟随来，有热辣辣的
快感。我是我的陷落，
我有第二个节奏。注射针，放肆。

放下一切而成就辽阔的夜。
我已不再说出燃烧，
灾难，几乎的发疯，旧照片，
我的时代也等于你的藤蔓。

山河在，是青山在眼的在，
我坐在窑洞的石凳上抽支烟。

邀约诗

游荡，就搁下念想甚至山色，
冬天又有什么关系呢？
一座山正用缓慢度量你——
林间路上光亮正缓慢唤醒你的肉身。
不是说“野旷尘昏，星流电掣”吗？
再怎么也不是挤城市地铁。
你倾向于身体的空旷之野——
用于安歇，最重要小驻于脱缰之约。
能脱得了吗？你像是孤绝的人，
不惧无助地，向世界要回你的词——
你是你的词根——如果你邀约了光芒。
山上到处见酸枣树，树刺即尖锐。
抵御过怪异兽吧？这年头
怪异事如大蟹横行，
影影绰绰，真切附于皮肤。
你一定见过四不像的人，或兽，
见惯了，也就见怪不怪了，
这基于无奈的一个借口，你游荡。
你清楚你走到哪里也得对得起你的词，
你清楚，神圣和美还原出俄尔甫斯。
如果说具体点，你游荡就是回到自身。

边缘之城

这是我们的城，能摸到边缘的城。
雪并不大。一切都貌似慢了，
像前些年，可以懒散到左右顾盼，
听鸟，或在酒里把自个灌倒。
这里埋伏着一群人，在天赋
和嗜好的烟卷上燃烧。
一个音乐女摇滚一样去了南方，
——未可知的彗星；一个
在北漂中，疯子一样掘文字的墓。
所有人都匆匆走过，在这个
或另外的地方。筑错，也搭自认的桥。
我也在奔跑吗？在这场雪后的
清冷中我踩出的"吱吱"声，
像幻觉中的我，不紧不慢地
给飞翔的树枝、忍冬和我的嗓音
一个位置。我是我词间的王，
这也等同于说我还能遵从于内心。
我在细瘦的街道上，张望
孤寂的人群，被单曲循环的音频
拽着，下一个调子可能是
开阔地，抑或，准星的射手。
还去不去哪里了？城边林、桑地，
我们偏僻，像隐身的鱼；
我们述说着，在我们永远的好望角。

水灯纪事

表芯齿轮状的水灯，它转动的蔚蓝
在影像下以黑色背景，似述说着
时间本是一个谜团——水面即谜面。
一个漫游者，有时伴着美人、友人，
多数时候是一个孤独的人，孑然拉长
时间的影子。亦或，影像的时间。
我走近，又貌似从这一刻远去。
水灯，不知道它能否照彻一个谜底——
深水下是一个个活着的人，岸上
是蓬勃穿梭的人。谁也不是多余者。
多么渴望一个白鹭飞翔的水域，
当水灯消隐，一切事物披上各自的磷光。
我在一个被陌生的水岸行走，
水灯，从幻化的现实到虚无的词，
被一个映像抹去又诞生。事实上，
走到哪里我都是并且一直是我的现实，
水雾一再密布，必然的天使穿过它
穿过谎言、谶语、暴力的美学，
每一个澄明都是水灯的具体，
不一定如此宏大，放在水面上给予自由
以自由，一条船就是黑暗里的微茫，
这将是我孤寂深夜里的修行——
夜行者在自己的时间里点亮声音的灯捻，

通往澄阔的黎明。突然，一个老人，
他赤裸着上身在方石上打坐、推太极——
生命庞大，几乎没有与之相称的初冬景物。
一种清冷被推开，一层水雾被推开，
这时，他的吸纳从冷事物的背面
以开阔，并给开阔运气力。一些人从身边
走过，瞥视，去往各自的剧场。
我被他推移的双手吸引——
和冷时辰较劲，时间就是迂回，
每个词几乎都是一个险滩。
神秘在于，赤红的上身像早晨的幻影，
抑或昨夜水灯？他说，他是点水灯的人。
他说："这里的每个人都应是点水灯的人。
我祭他们，也祭这世界上的人心……"
水面上一只白鹭在展开它白色的翅膀，
像祈祷一样无声。大水掩去波澜……

我似乎从孤寂中走出，对时间里的另一个
时间以注视——石漫滩之下一处处庭院、
劳作的农人、孩子、自由的鸽子——
幻觉多数时候在于瞬间，如果说这是一个
蜃景，我宁愿它回到恒定。
事实是：他们消失于一场大水。大水……
多少人？多少人至今是个谜，
多少石头也仅仅是碑石。谈论死亡
远不如谈论水灯让人忘乎、迷离、彻底。
2007年我第一次来。看水灯的舞蹈，
喷出钢花。美景锁着一个洪殇，
我在诗里找到滩石。关于那场洪水的黑洞
已不再有人提起，貌似被这时的
澄明之磷堵上了。我在明净的湖岸，
坐了一个下午，黄连木、紫薇、枫树，
在十一月的命门上独自落叶、变红。

我一边读帕斯的《太阳石》，一种抽象的
明镜，“我曾见黑影在一串串地集结
为了去饮沟渠的血液……”
悲凉，有时候在诗里才能看见，仿佛
生命植入了另一个生命才有一种真实。
紫薇的神奇，在于它极强的粉饰性，
貌似命令水流在一种处境里消声。
时间是用来忘记的。你不忘记就痛苦？
疼痛具有隐忍性，水隐忍着悲惨的低命运，
时间隐忍着飘向天国的安魂曲。
盘旋的鹰，白鹭，候鸟，各自在水上安命，
然后祈祷。幸存者，生活还在继续，
雾霾还在继续，水灯的祈祷还在继续……
那之后我目力所及的，一边是美景，
一边是历史，在欣悦与揪心之间，
登岸、上山，各自造田或筑高楼里的生计。
漂向生活的船，忘情里贩运了多少忘情？
正视即审视。除了我的词，我没有其他。

我的确是一个忘性大的人。再说了
没有忘记，明天就不能继续；再说了
不记忆也同样无法抛出今天的锚。
如若承认生活是一条渡船，稳不稳还在
其次，渡啊，就从了“不应有恨”。
我因此坚持做一个“过心底”的人，
在时间里找到真，而不是针。
多数时候是水雾，遮挡了见远天的视线，
我每一次都真切地来，真实地写下
神秘、友谊——在诗里为生活和解，
试图让远天更远，让明澈回到彼此之间。
这是我多年来一直欣慰的一件事，
即是在某个处境下冷遇、被谣言肢解，
我也固执地相信水明净世界就明净，
流水的时间里有一个洪峰之后的安宁、
人心，透明的植物滋生时间透明。
我因此以我的耳廓，向历史
要一个词，说出生命是一个伟大的意义。

咆哮的滚石，已归附于憨态的平静。
大水下的亡灵，在紫薇花的蛊惑下，
遗失了本能的呼喊。他们，是的，
他们是那个夜，以及所有夜。
一个石头对着另一个问：你叫什么？
无名者，在无名的星河里闪烁，一种暗。
一个残留的土坝遗址，一棵红枫树，
隐于幽深的闸门后，给出隐秘、有景致。
我从北岸到南岸，要翻过二郎山，
这等同于穿过了一个神话传说。
倒放的映像却是，神话里的二郎神
面对一个悲惨的世界失去了法力。
这时他也是一个点灯者？本地的风景
抬高着灯台架，抬高美和晚上八点的灯火。
“驱散黑色的记忆吧，点亮内心的灯吧”。
水之海在我们的天空。除了开阔，没有另外
的明澈以选择，除了给内心一个宝莲灯
还有什么能拨得动时间的一个指针？
除了灯，“再多一个词今夜也容不下了”。

005

YU XIANG

宇向，

生于山东，“70后”诗人。

现居济南。

年后

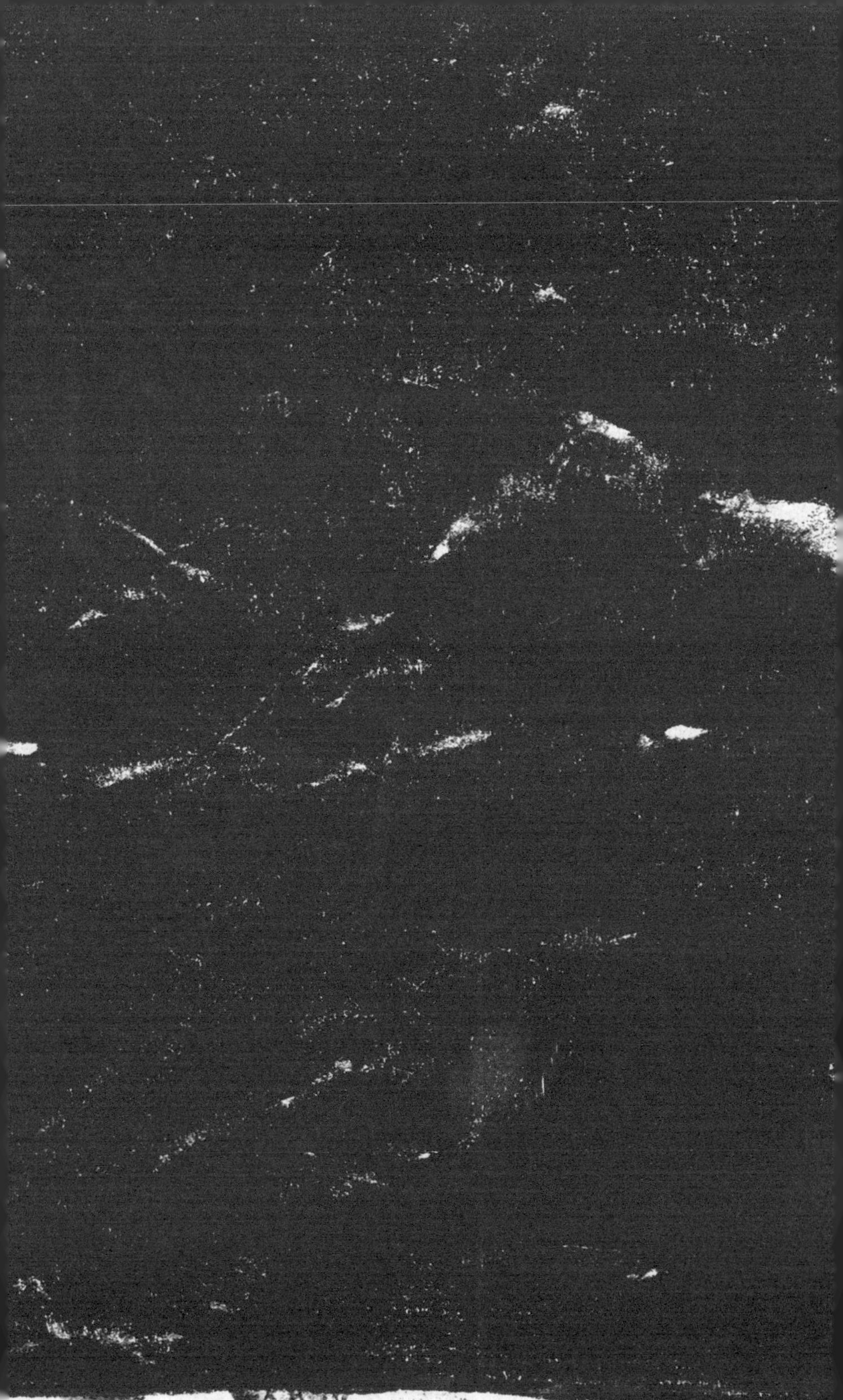

每一个真正的人

每一个真正的人
都是立在这星球上
由神的起重机
在魔鬼的深度里
垒起的高楼大厦

魔鬼袒露的秘密
有着一种向上的诉求
而从N层到底层
每一层都宅住一个神
每个房间都降下了
神的小孩

每一个真正的人
都渴望高高站起
在恰当的地方
他召唤和哀嚎的剪影
是月下孤狼
刺向闪电的剪影

每一个真正的人
都渴望先知般
截获神的字条
饮下第一滴雨
在清晨最早的阳光中
一层一层醒来
（像一条被光捋顺的蛇）

并在漆黑的夜里
最高的和那最低的呈同一水平

《葬圣彼得》

遗骨在他们身上
他们在挖
往深里挖
往宽里挖
似乎不是埋第一任教宗
而是，在埋
一堆又一堆泥土
流着泪他们本该
站在空旷下
而遗骨在身上
他们便得以挖
不停地
往深里挖
往宽里挖

他们要熄灭的大海
远远地向他们涌来

我曾侍候过本笃十六

远远地看

他着圣服从窗口露出：一副绝伦的人生标准照

一道自山鹰独眼中射出的亮光照那窗口。刺目

我想靠近他碰他的手

那手握着天国的钥匙

乐师们演奏巴赫、舒伯特

人们似潮从各处拥来，动情，欢呼，拍照

狠狠地，骂他

夜晚他带队穿过永恒之城

星光飞旋像他身体在迸溅

一整座城白花花的，像钱

他曾说当选，是刀锋砍向脑袋
多年后，他会请求离开
交出天国的钥匙——（某种无形的受难）
一个人面对上帝

作为祭坛侍童
清晨六点我在大厅的墓穴上
为神父们更衣。见不到教宗
他步入花园后通道封住。大门闭紧
孩子们在门外踢球

直到我为他拿麦克风，可以
离他那么近！好像要犯一个错误
整个仪式我都在抖
他拿起我的手。他在微笑
一个人的微笑
我深深鞠躬，把眼泪流进眼睛里
没有钥匙

劈柴

去劈
长满眼睛的树
去劈
满身伤疤的树
劈那个按照自己的形象
创造它们的主
树的主
去劈
主身上的眼睛
去劈
主的伤疤
它们立在自己的墩上
等待着起泡的手
抡斧头
干净利落

羁绊

海浪按下
礁石的肩头
我困在
我的椅子里
造念头
缓缓地
太阳在我的脚下
升起
星星也是
似乎那精确的瞬间
是我，在仰头诅咒
而一头枯黄扭动的长发
在我垂下脑袋时
盖住了细水长流的眼泪
在紧要的关口
我成为没有痛苦的形象
端坐，得体
镇守着
每一扇身旁的门
被摸得光滑闪亮
如空气。光线
展开寂静中翻腾的微尘
迎向，那
朝我而来的

老且霾

健身器材的木椅上
坐着两个老人
老到没了性别
眯细着眼睛
暖洋洋
晒着霾中的太阳
霾还很年轻
老人已老了很久
不认识霾
向来，他们听凭太阳
不能直视的太阳和斜太阳
黑太阳
橘子太阳和典狱长太阳
向来
他们眯着眼睛
他们心系太阳
似乎，唯如此
才拥有最后的
一丝光线的尊严

在产房

血腥的阳光里
我张嘴把你吞下
把亲吻，耳光
吞进去
把交媾中的身体撕开
把混沌的骨肉吞下去
把勃起，吮吸
吞下去
情话也无从投递
和另一个人散步的背影
再没有街灯照亮
就像蜗牛把鼻涕虫吞下
根须嵌入悬崖缝隙
《金刚经》把齐奥朗吞下
《神谕女士》吞下《神谕之夜》
鲁尔福吞下巴拉莫吞下巴列霍
蜈蚣吞下三角钢琴，于是
千万根指头呀
吞了巴赫
独裁者吞下了殖民地
在产房
多合理的理由呀
我吞下你

她的教堂

这是她走进的

哥特，巴洛克，古典，新教，异端，现代，家庭

这是她走进的

护佑，阴森，压抑，爱河，高寒之地

这是她走进的

艺术品，耸人听闻，阳具般，罪恶累累的

她进去，虔诚地俯身

她爱地板暗沟里淡淡新蜡气味

石头墙被海水泡过的腥咸味

她还爱常年烛烟气味

爱忏悔帘上的油腻

像摸着长粉刺的脸

湿疹和坐立不安的痔疮

这些昭彰疼痛的肉欲

“用阿门，宣告的无罪”（保罗·策兰）

她爱去教堂

爱不得不

紧挨着的一个和另一个孤独

面对消毒液和漂白粉的长袍

听，“我把肉体，奉献给您”

祭坛前震颤着庄严的性感

一遍，一遍

她爱这重复

在每一个可以让恶坦荡

又让罪一览无余的地方

如厕时

在墙上涂抹

募款时

在适当的时候落泪

有钱人为他掏腰包

母女俩同时爱上他

晚饭时

他厌倦了白天

叫来酒、大麻和几个女人

像条没有性生活的馋狗

耷拉着湿漉漉的舌头

他穿着考究：毛料礼服

爱马仕衬衣搭百利金钢笔

花哨的丝绸内衣产自中国

钱是老家土豪们捐的

为了送他翻山越岭，传播教义

可他除了上楼干那事

什么也顾不上

早起时

他懊悔了夜晚

带着仁慈的面孔

到期待的人群中演说

一得空

就幽会牧师的太太：

讲述他曾发誓戒酒戒色

忠实地追随着

爱着宗师，如爱着家乡的群山

可宗师还在牢里生死未卜

他曾一次次俯身

为宗师拍打尘埃，系紧鞋带

离去时

此地所给予的尊严

热情、淋病和可卡因

都带在了身上

半途，他拐了弯

把车开向俯瞰大海的高处

他将独自面对悬崖

感受宗师的召唤

来自某个不可触及的地方

沿着

沿着一个我，看见
游荡在暮年里的灰蜘蛛
掠过她。始终一个人
不种花养猫
不添新手艺
不登堂入室
看上去她不恐惧，或心怀恐惧
也不渴望，或深藏渴望
一次次
避开规劝她的人
像闪躲一枚枚子弹
她是《第一个人》是《局外人》
关于“自杀”
也属于严肃的诗

（或许她在美国写作
大声谈论自我隐晦的病灶
权当生活在火星
更多可能她在前东欧写诗
忧郁都会成为她的罪行
八面临敌。羞愧于为自己落下一滴泪水
哪怕明天她就死去）

沿着另一个我，看见
她在午后的阳光中
栽培植物，烘焙蛋糕
坐在钢琴前弹奏圣歌
吸尽割青草的气味
她试图让自己深信
旁边一排排洁白的小孩
煦风般拂过稻田
可这些救不了她
她来自别人的性交
属于毒气和憎恨
以色列在黑暗里
在我的黑暗里，她是
另一枚被毒与被憎的
造物主发在马铃薯上的
嫩芽

006

JIANG HAO

蒋浩，

一九七一年生于重庆潼南。

现居海南。

海甸岛

（向斯特凡·马拉美致敬）

说

他说。用一种海甸岛的语言。逗号的石头渗进了海水，石脉是淡蓝色的。一本流水线装的页岩。他说。手指触摸橡皮树的结巴。暗绿色的树皮汲着亲爱的体液。有一棵死于台风，根须像干枯的章鱼触手。他摸到胸前的一颗纽扣：小小的吸盘，收集心之激流。有一棵椰树倒了——大肚的酒瓶椰，倒出迷醉的语言。粗眉状的叶子边缘稍稍灰白卷起。语言遇到了热情。他的身体同样如此。早晨的海水也暖暖的，泡在里面，皮肤感到了咆哮。夜里的一只青蛙还滞留喉间舞蹈。光洁之躯像一台发动机，海为之沸腾。灰白沙滩边缘发卷舌音：“是”或“不”。他确信裁浪为刀可以切下远处的一角天空装在玻璃缸里，在壁上绘出永恒的彩色热带鱼：每一条都是“是”或“不”。鱼说水的语言，人说岛语。但在水里它们却像一把钥匙。当它游动起来，整座大海变轻了。它迅速穿过深色海藻，到一片黑暗的海底峡谷。冰冷海水在那里有一个绕口令式的洄漩。它吐白气泡，给这片海底标点句读。它最先停留在他的手边，模仿他张开但五指紧并的手掌。鱼鳞闪闪发光，来自海底的黑暗。握住它，像握住一片镜子。又软又滑的时间之镜，穿过发灰的黑发，进入石纹的脑海。他试着用一根根光线去垂钓刚才欲擒故纵的时间之鱼。在记忆里，光线因波动而纠结成无数个阿尔法直到阿尔法唤诱引来其他的线形字母。他的阿尔法。透过其间的空洞向外看：像一个哈巴狗的项圈，优美的。交叉处穿上闪光的金属链。那链子是音乐。仿佛一抖动，每一精致的小小金属环都是回声。即使是一阵雨濡湿表面的金属光泽，那声音仍然清脆如雨滴。有一滴从水龙头冒出来。一个个孤单的单词，在触到地板的瞬间，开花，紧接着是花开的声音。地板吸收了它的重力，表面湿湿的。一张可涂改的脸，如果他把脸俯贴下去，水流回溯初始，在脸上犁开沟壑，一双干涸的眼睛可怕得汲进了光线。他用手吃光线，满嘴海腥味。他说。用一种鱼骨的语言。淡蓝色的鱼骨像剥去树叶的小小木麻黄树，富有弹性的枝柯，每一处弯曲都蓄满音乐。他说。从一块黑色火山石里慢慢抽出这棵树。裸树。他用海水清洗上面火焰之遗迹。他触摸其中的瘤节：一颗颗牛角扣子。在解开。裸树内部的几何图形像墨迹。一些淡淡远山或有烟雾的橄榄林。它显示出来。通过他的语言，他消失在他的背后。一艘船驶离了港口，留下一片泡沫和垃圾。海甸岛因无船出入而陷入自闭。他说完了，给自己在镜子前画下一句话的形象。他看着这个句子从这首诗里滑出来，像一条蛇，曲过细颈去咬自己的尾巴。

听

他把蚕豆大小听诊器般的海甸岛放在海水镂刻的鼓腹上倾听。树林在海面震荡，深奥的信写上那里的表面。词语的海市蜃楼，一束光在清扫。他随手翻开一本书。黑白方块字像一座座坟墓或一艘艘船。有时候，他看到汉字的牙齿，有的字因此听起来格外“格格”响。手碰到了指南针。风挂在窗子上像块玻璃，蓝色窗帘分泌出蓝色染着可视天空。一群灰鸽像撒落的一瓶药片落到笼子里。他相信秩序。秩序的声音就是节奏清晰之变化。什么样的生活，什么样的声音。比如楼梯的声音暗示着分手。关于他与她的故事，简直就是两个回声之间的一片小海域。两座岛间的浅海。比如海浪的声音意味着思想有一个弧度。他关于波浪的解读配得上沉默。比如月亮的声音推演着潮汐之涨落。他用月光来改变自己的体温和肤色。纺锤形的耳朵，熟睡在脑袋两侧，听事物如摸象。鹦鹉螺般的耳朵，收集到海底的求爱声。一头盲目的鲸鱼在向船体缓缓靠近。海怪的背脊有时会变出波浪状的山脊。鲸鱼吞下了他的一座图书馆，一张床，一盏台灯，一个笔记本电脑，也许还有一张她的照片。它在腹腔里安放，新位置对应于旧航空港。他用盐水去洗头顶的腹壁，里面隐匿了星象图。星辰是发光的脑袋，从一个胃袋里脱颖而出。他用乳头去擦洗，光留在乳晕上。一个个标点。标点没有声音，当它们掉进一行诗句中，种子般在贫乏的园子里溅开了蓝色涟漪。鲸鱼有一只耳朵，从往昔美人或今世浪荡女那里倾听到叹息。环绕在一艘巨大沉船内部。海盗船或者太空船？一个欲望推动它的心脏。海贝里是一个蠕动的柔软思想。这里没有冬天。鸟儿的叫声织出洁白的网。鱼的倾听，裁剪着它的方格。这些声音都从骨骼里发出来。如果我们用钻凿出空洞或小穴，放在嘴边向里面吹气，能听到来自骨头的声音。陶器和石头或竹管都是骨性物。声音反射在一个圆形废墟的黑眼窝里。用橡皮树叶或枇杷叶盖住。产生的阴影对声音是足够的吗？声音顺着渐枯的叶脉流向树干是可能的吗？重新被一只鸟听到，在巢里孕育，像一颗露珠那样露骨。他把这颗露珠般大小的海甸岛放在海水镂刻的一枚桑叶上倾听。声音像银蚕在偷吃月光。桑叶在手掌上，五个指头是白色之蚕。手掌像枚桑叶。他期待着一个个美妙轻盈的词能从蚕茧里孵化出来。岛上到处画满了彩蝶。热带彩蝶。蝴蝶没有牙齿，它们吸食空气以保持轻盈。像乐器倚赖空气发出优美的声音。蝴蝶在岛上的白日里演奏，没有一棵树，一片草，一朵花，一排浪，不被它的香气所感染。岛事实上是一个迷醉的涡旋，当它清醒过来时，形成了此刻所见的清晰形体：一个压扁的葱绿卵蛋，在这片巨大的叶子上微微滚动。它的声音，像是小学老师用彩笔不断在天空的蓝色板上画圆圈时的“沙沙”声。灰一点点落下来，堆积成此刻的……海甸岛。

写

我写。是一个反复。好好结束，写作。我使用的这个动词并不救出“安静”。夏日是一只蜜蜂，它给我的肉体搬运蜂蜜，像溶化的碎玻璃涂抹我们的身体和嘴唇。我唱出甜蜜的诗句。伤心也是。来自海上的歌谣，也被酿成忧伤之蜜。掺杂了凌乱的光线。夏天的气味赤裸如一个水蜜桃，在你的身上滚动，分散我们专注的视线，你的腰及臀啊上有两个蓄光的滚圆小坑，桃子或苹果从那里进入你小提琴的肉体里。我想到了岁月，还有衰老和青春。仿佛是罩在你胴体上的一件白色体恤衫。风俗吹动着它，但你的乳房只为我的手而颤抖。它们边缘的光泽长出了一些柔细的毛发，只有嘴唇能读出它的湿润和细腻。我们住在这座岛上。海水帮助我们恢复一些毁坏的沙滩。岛与水之间因此显得不那么突然地孤独。生活是一种节奏。任何日子都像星辰试图来嵌入或打破我们的默契和寂静，都显得那么无聊。我写作，把一些词语弃在火山石上，看它在夜里更黑或更亮。也把另一些词涂在折断的枝柯裂口处，让它们恢复对风暴的回忆。但有一些词像夏日永恒的落霞，盘旋在海面上。那片海域我曾游向，但现在我只在岸边。在海的这一边。我想起她就在此刻推拉这扇白昼之窗时，心绪如落日不经意望了这岛屿一眼。岛屿，所有的岛屿在黄昏都像坟墓。我写。从这坟墓里拖出一截朽木，雕刻贝壳或鳗鱼。一条海豚又吐出了它。溅满的泡沫像污点。它极可能来自于一艘沉船。我从未去想过那艘船的年龄和建造者。也许我坐过。当然，我坐过船。每个漂浮在水中的肉体都有船性。它沉没的原因不可知。每一块船板原本都是自足循环的再生物。当船上住下一群海妖，迷乱的歌声引诱了那些船板之间的默契。如果舱里渗进了蜂蜜，海水也会燃烧。大海摇晃着它们，像要把朝霞或晚餐都通过回流、涡漩等汇聚到一个桌上盘子中心。但海妖们困倦的时候只吃木头以汲取其中的疏松。她们梳长发，涂血红的樱唇。在乳房上抹珍珠粉，用墨鱼汁画眉，通过抚摸波浪来恢复同性恋。笨拙的木船压在沉重的波浪上，像一本钝刀背压在舌头上，词语被挤压出来。我写：沉船，海妖。也许一个朴素的名词救出了其中的一块朽木。但形容词被华丽的海水洗尽了。用于粘连的冠词、介词、连词、副词都跑到哪里去了？事情的真相是一粒盐，透露出严肃的盐性。它溶解，一切都变味了。我写。啊，我写。这是一个反复。像翘起舌头那么简单？但愿这个虚幻的动词是个可触摸的名词，诞生于自然，又模仿了自然。诗歌是这样，如此的自然而然。如果用空气去挤压它，弧形的诗行也是一截朽木。海水是羞耻的，因为它在试图朗诵而不是书写。看啊，它在落日下变红了。

歌

“引文是一只蝉”。在秋天，也是蟋蟀，也是一排浪。任何事物都倾向光，倾向无理数。抽水马桶在防波堤下响起，一条狡猾的鲱鱼，两只红色眼睛像警报器。引文也是一枚水果，比如外表丑陋的菠萝蜜，在这棵像石榴树的庞大建筑中获得了一种形式上的反讽。芒果有大有小，金色坚韧的纤维磨励着牙齿，坚硬果核像一个不好的习惯。她在厨房里煎双黄蛋，淡蓝烟雾来自远处起伏的山脊。她渗进海水在锃亮的油锅里，火烧得很旺，围裙边缘泛起了波澜，通过它触摸到窗外的海。物质有时也表现出疯狂，随手插下一根紫荆，开花了。一条蚯蚓在岩石里碰到了鸟粪里的种子。她打开远方的门，从这里来到客厅，有一棵水仙在等她。她的裙裾挂在一棵树上。她用仙人掌汁抹手臂，碎芦荟来洗脸。她的肌肤像一段小夜曲那样光滑优雅，催人无欲而眠。我看不到我自己的肮脏，如果在水龙头下使劲揉搓皮肤，也会出现黑色细灰合成的条状小颗粒，在海水里却没有。海水很脏，但不长蚂蟥。海蜇裹着白色水晶体的乳嫩胶质皮肤，她执意要过来搂抱。有时沙滩上几乎无人，他坐在那里喘口气，甚至抽烟喝矿泉水，斜躺着看夕阳，用手指在空白沙上画一个裸体，那是一个一九九七年十一月二十四日生的少女。他用脚趾画她饱满的乳房。她的臀部看上去像脸蛋可爱。大海是一篇引文，沙滩是注释。一只海鸥斜斜飞过，在它下面划些着重点或竖线。鸣叫，像一串钥匙或铜钱掺在一起。当一阵雨点从那边追随过来，我首先看见的是一团褐云，沉船般随海底的暖流缓慢移动并改变着可见外形。云腐蚀着可见天空局部的秩序。心灵即使在沙滩上，也创造出无限和有限。诗是描述它的泉水，在一个云状的陶罐里。谁能证明它出自我们能弹钢琴的手指和忧郁之火呢？它被搁在书架上，知识酝酿在周围，黑白文字的书籍每个字都像牧师。我记得小时候用针尖去阅读，像捣蚁窝，惊慌蚁群沸腾四溅。女邻居在隔壁偷窥我这个无赖，一点点纯洁的兽性。我丧失了。我的善良抹上了格言。我现在用舌头去阅读，但石头对我说话，桉树和棕榈摄取着火山土中的毒素，阳光把鲸鱼晒出了一副优美竖琴般亲切的骨架。岛啊，海甸岛在漂流：一枚脱离了纬线的铜币。沙滩是一段长长引文，在岛之边缘播放了大海的某些祈祷。我们触了电，头脑中灌进了美及迷醉。我们脚下的海甸岛是海中的一个电器巨大的插座，我们的双脚正穿进漆黑插孔。大海在百米外涌动着，有时是在手边。水跃上掌心，一个词一个词地从床跳到地板上。刷白的医院卧在岛中的蓊郁山凹处，像头奶牛。我们去那里，你腹中的孩子将献给大海一声歌唱：她是你生活中的一段引文。

思

“大思者必将大错”（马丁·海德格尔语）。错误藏在一片眉毛般的小榕叶下。我们惺忪的腐朽睡眠染上浅浅的黄绿色，超过身高的蒿草肃穆，锋利的长叶比划着为海风裁制晚礼服。那被衰草裹住的，有着体温样恒静的一枚从脸颊掉下的白色卵石，它的皮肤印上了草叶之香，浮现，伤心的样子引来一只鹈鹕黑色的单翅。我们从望远镜里看见它们在海岸线发毛的边缘，像一个带着唾沫的复句。我从我的瞭望中救语法的错误，在大海的夹肢窝里掏出一点呕吐物，直到暴雨来改变事物的含水量。先是一朵云，收集着天空中光线所形成的圆圈，在渐暗的毛玻璃上反复擦拭着单词拼写的错误。我们的目光连接着遥远的海平面，用一颗眼泪。每次它的影子都不同。海是其中一次，透过玻璃镜片的放大或缩小，它的影子改变了自身。我们看见的，也可以是我们想象的。但我们曾经的切肤之感，如果有，也可以是事物在完成灰烬之前的那个欲望。哦，古老的，他给琴装上一根海平线，演奏意味着漫游。请给睡眠加一点糖。他的木石居建在一排浪旁，一只狗，忠贞的，给他带来大自然的信息和讨论。他可以在红木桌边饮茶，盹思，一只微微颤抖的手靠在朴素的水果边。白日梦是反光造成的。夜晚造出他的水瓶座，白羊座，大熊座。波浪撤下一些晚宴，会把镀了月光的诗句端上防波堤。如果失眠，思想像渔网，如果没有足够重的铅坠，它将无法展开。诗歌是其中的一个网眼，每一条鱼都在试图避开它，而避开的方式却是穿过。这是真正的错中错，当我从网里捡起这些闪光的鱼们，我沉思那空空如无的网眼的意义。是的，每个网眼，都洁白地看着我们劳作的双手，谁曾想起就在刚才，那里曾是一片海水呢？是的是的，鱼医治着那些空洞的虚无，网多少只是一个诱惑。当它“呼啦”一声撒入蓝色海水，我们感到轻松，因为相信。从那些鱼身滴下的水珠，带着它们寒冷的体温，要来理解这岛上世界渴望的热烈。它们离开它，首先是死亡了，干涸了。鱼的眼睛，像一滴水。世界的无奈和绝望反映在那里。在烹煮之后，是完整的凝奶般的乳白色，意味着反复和单调无趣。鱼眼保存着我们的视力与想象。这是构成思的建筑，而思的边界不可以简单视为诗的边界。我们用一尾任何鱼把海洋联系起来，仿佛大海只是一个玻璃缸，我们甚至可以在它的底部烧出火焰让它沸腾，产生潮汐。我们把玻璃缸放在阳台，里面的水拉下天空的云朵，或者是旁边的一缕风。当它整个重量在减轻时，阳台像一个敞开的母腹或子宫。一颗眼泪掉进缸里，变成一尾鱼，在游动。网消失了。消失的过程很迷人。从你脸颊掉下的一粒白色卵石，激起浪花的同时也打碎了这个玻璃缸，缺失的部分是一个半月，三两点星辰，连接到一个受孕之夜。

问

“云的尾巴像无政府主义者肮脏的长衫？”我很慢。匍匐的冈峦和山岭在严肃空气里硬邦邦地把峭壁巉岩延伸到磊落裤裆里，两只硕大裤腿像空洞的搅拌机，在接近沙滩的开阔地上来回徘徊、交错领先地自语。滚边的裤脚里照例系了根灰白的海岸线。这是问题的关键？但愿只是两只雌雄同体的漏斗在吮吸同一道重力：漏下来的雨点像受洗过的沙粒。海敞开她的无边的唯物主义来接受空中那个渐渐成形的胚胎。船无声地咬着对讲机，鱼在周围画线。假如这是事实的边界，加入到以“我”为中心的寻找相似性的遗忘之旅中，每瞥隆起的排浪埋葬目不识丁的信天翁都像是维吾尔人在剪羊毛。寻找啊，水编织一个个问号似的巢穴，瞬息之间，殖民般，在礁石上繁殖有机建筑：这是你的卧室，写意的水草铺的床垫上可以眺望大海，装配360°环形落地的禅学玻璃窗；这是你的客厅，水母打磨的哲学茶几，鲸鱼骨椅子，章鱼眼睛做的烟灰缸……你的厨房的抽油烟机像珊瑚烟斗，顶端连接着扇贝样的逻辑的马桶。你不必抱怨你比这涌现的海水生活得更咸涩，你像她一样曾经只是一个平躺在地上的动词？呵，海如果站起来，清澈的玻璃，散开的发辫，你愿意你是她的柔软的舌头，舔到来世：是一截舌根，被埋在深深的话语的遗嘱里。波浪学会了人的语言，挤在船下，接受规训，签写非平等条约：这浴缸里边裂纹边愈合的反物质是否应该取代银河系中反刍的金牛座前的瑶池。但愤怒的皮肤鼓胀着，把年龄修饰成崭新的、星星的遗址。你取代了你的思想，突然出现在岬角。长堤延伸到水里，像一个带长柄勺的问号？你省略了你的眉眼，放大手掌，“看”和“借取”都使用同一副担架，同一种纤维提炼的游戏。那里也竖起一架梯子，侧面更像一把梳子。一个长颈玻璃瓶在攀爬，收集了经过折射的声音——它们在里面挤啊挤，越来越锋利，像小小的，鱼片，和面包屑。爬到顶端，再顺着弧形脊背溜下来，像一盏灯，亮了，又熄灭。上下之间，两点之间，是我们最容易获得的判断力和视觉。云，像政府，有时为我们准备的一场雨，更像是一次精致的说谎。你相信了，你解脱了，你曾经受困于事物的侧面捶打出的锋利的睫毛切开的光学曲线，而现在，显然是一朵云在替你搬动泡沫填充的高枕，轻盈如蓝，没有回忆，没有悔意。海匍匐在你脚边，温顺地治疗着她自己的冲动性格，从一而终，波浪到来时的样子就像个浪子？你宁愿相信一个人的耐心才是雄心。和我们看见的风景相比，每个人都虚弱得像其中的空空山谷，不是被花花草草乱七八糟地修饰着，就是被飞鸟鱼虫吵吵闹闹地拆迁着。海水来了，就盖蜃楼；潮退了，就倒卖搁浅的契约。那团双方刚刚签名的云，像验钞机，钞票都裹着纱布，验货时，失真于环岛而生的烟火气。

读

“疑义相与析”（陶渊明《移居二首》）。读出声！读出声！！读出无声！！！赤条条的波浪捎来书页和节奏，霓虹灯般旋转、迷离，像数只搅料玻璃花瓶上红、蓝、白三色相间的斜纹扭打在一起，慢慢地消失在圆润长颈松弛的敞口处。海的凹凸表面，也是塌陷的玛格利特帽子的表面，堆沙的结果就是迷失于沙堡相互吞噬的苟延残喘中。沙滩是个巨大的呕吐物，也是排泄物，还在排泄沙。潮汐正抄袭着水珠膨胀的声音，一些细微的“滋滋”声，像瓷器在缓慢开裂的裂纹里分泌出来的露水：海在一丝不挂地，一丝不苟地，一言难尽地，排卵。那么多卵子，那么多迷乱而无助，屈从于引力，也受制于潮汐亢奋的集体之舞，在浪尖上啸叫，在浪花里失眠，在问题的核心里推动着问题的轱辘碾压着一切有迹可循。去吧，去吧，这些精致的无核之卵诞生出这个时代最出色的脑袋，相互挤压在一枚枚潮汐磨圆的小卵石上，风与水之轮番演经与讲经难道不是一场借助于天地不仁的轮盘赌？读啊！读啊！受制于心灵成长的筚路蓝褛，一股来自北冰洋的暖流像引线，从脚心向上燃烧着，世界最后悬停在一个气球的制高点上，是“轰”的一声而不是轻轻一“嘘”，从你手中瘪掉了。你的另一只手按在你滚圆屁股上所装配的开关寻找韵律，你的脚摩挲着一对白瓷般冰凉的乳房闹中取静。读吧，我们在爱人中培养了一个敌人，那敌人是黄昏的偶像，在书本中树立了风度和颓废，告诉你：一生长于一个生日，一瞬只不过一个瞬间。我们在两撇波浪的夹缝里，窥见了白驹过隙，白鲸过海，卷起的闪电勾住海之一角，对岸的塔楼倾斜过来，城市倒挂在展开的风衣里。每一滴滴下的水在“滴滴答答”地，读。“读”不再是一个动词，而是一个灌了酒的主动词：生动地，一目十行，一日千里。水面在镜面静止时，读……读出了一个个绵延而松开的旧圈套，一个个释然无解的反程序。你所相信的生殖只不过是一种无性的繁衍，任其自然，大海是我们关于天性的伟大衍生品，每一次阅读，都是误入，都在丧失天真。但哪里是关于乐趣的本体论？我们拿着星空图，找到明朝那位航海的死者。他的头骨里藏了只蓝环章鱼。沉香熏过的宋朝山水册页，喂养了她的孤独。但章鱼不是鱼。因为她能两足行走，崇尚那些复杂问题的概念思维，却学不会无思想。她和你拥有不同的情感质地，堪比人猿之别。你们身上唯一相似的是：大眼睛。显然，她遗传自长袍使者的公主。她的三颗心：对应于现实、过去和未来。而你的心只属于你没有到过的地方，像一座小岛，在海岸线上跳跃，读着穿梭于头顶的飞机。只有在下雨时，她才尽力为你展开柔软的身体，看上去像是一把撑开在水中的雨伞。雨，从伞缘读出了海的味道：我们对无知的兴趣，远远大于知识本身。

看

“看见的事物其实是似乎被看见”（华莱士·斯蒂文斯语）。当你改变看的习惯，静下心来，观察一种思想：“观察就是思想，观察者也是，但这样的思想没有一个源头，也没有凝聚成一个恒温的结构。她的对立面是造成散点透视的可见光。”你因此加入到看，你看被看的事物，如同想象你在看你的眼睛。你有权力赞美你的看，但你用权力赞美时，你的手在看着你。你的看集中于一个携带振幅的中心，视野限制了阅读探究到的模糊边界，风景“违反了山谷、草原、树木的形象”（斯特凡·马拉美语），在新的有机体的凝视下，词如流星，获得了逆天之流，飞向它们自己的原音之巢。在这里，在一棵菠萝蜜树上，看就是构造。一种泥土中提炼出来的粗颗粒。从看开始，那个有着复杂蜂巢般外壳的巨乳之果，悬在树杈间，像一口教堂之钟。钟舌裹着磁性之蜜。声音牺牲了。声音克隆了声音中的一点原始寂静，被蜜像光线一样弯曲地黏在表面。声音在声音造就的空间寸步难行，看却可以透过看不见而获得一种悠远的共鸣。那棵树是一个教堂。但那片树林是海。每一片树叶都是一尾游鱼，她在文学上酬谢了大海铺张的赋的缺陷，成为修辞那美妙又恒定的友谊和补充。看和看见中间隔着一圈求解似的波纹，看见和看不见中间隔着俳句般的细浪，看不见和看中间隔着一口深井般彼此映现的钟。声音是对看的既不肯定也不否定的回答，而看被压缩进无视，液体状的，裹在一个黝黑自闭的句号里。那不是结束。看没有终点。每一次目光所及都像是四壁在繁衍八方，而在熟悉的，比如，空气的表面，是看与看在自由交欢。我们看不见看，如果失去了物象作为视力的唯一之源，并借助它表面的温度来感知光线的演奏，心灵就只是一个关于心的摆设，还占据了一朵花的假想蕊。那里，恰恰是最神秘的腐朽。看和看之间的引力把花蕊拥抱成一朵古典之花，那些对称的花瓣反而多余得像云的鳞甲，而这朵花只是关于云的注释，吸引我们释放海岛般古老的激情。看是因为单纯的吸引，而看与看之看却仅仅是出于一种无声音乐的相似性，既是天籁的，也是物理的。我们存在在看中，我们是那个被看的存在者，相互之间并不相同的原因是：看通过看获得了无处不在的自我发展的视力。而我们葆有了来自星球深处的有机体构成的云图切片。但看加进来，她们叠加的视觉和渊深的绝句一样，总是从一个受限制的此在之点上，联通了几乎所有的代词，而唯一缺席的却是：我们。我们还在被我们控制中，帮我们打破我们的也许是：看。那束来自你的目光，更像是我们的反光。如果她所产生的折射能够切割这些钻石般的日子，从生活的余屑所组装的书籍坟墓中，死者会让我们被自己听到我们正在看。所以也因此理所当然地变成了因此。

致

“有一天我要泄露你们隐秘的起源”（让·尼古拉·阿尔蒂尔·兰波《元音》）。海在这里。海的秘密对于海来说，就是她无比轻盈的起源。凝结的，反射海之微光的，挂住眼角的泪水，和挂在衣角的露水，是同一种泄露。不同于你我之间易朽的结晶和约定，泄露首先是一种薤露。泄也是一种露。泄也必然是一种出路。展示了事物成形前最完美的启蒙变体。你在棋盘般的海面所安放的每一枚船舶，循着既定的轨迹，出现与消失，如这露之盈亏，只是把滚圆的无声传递给我们起伏的峰谷了。回声折叠的未知旅程，扩散到波浪折叠的书卷里。脸上的印痕，被声音吻过。“大海是地球的一滴露”，“地球是宇宙的一滴露”，但在你我的异代之构中，悲欣交集也不过是一滴露。一滴，显而易见的不露。寥若晨星，但又寂寂无名的结局像所观察到的一件幻象之衣，上面满是结痂的树液。海甸岛是这如电如露之核心，锥子般钉住这无尽展开的波浪之绸，潮汐的每一次回溯，都在吞噬自己吐出的沙与沫。大海分娩了一个昼夜那么漫长的海岸线，串起的贝壳，和住在贝壳里的日子，像蚕在茧蛹，更像是蚕在坐禅，所有听到的风声都是关于风如何把塑造的排浪保留在涌动中。在海看来，这句号般徒具空壳的小岛，像一颗在巨大荷叶中心滚动的露珠，是波浪借口于面对风波之恶的一个微小的普罗透斯式的掩体，对称于那些沙聚的螺塔。我要把这万千之水的任意一勺饮寄给你，顺着螺壳的盘旋之形幻化出无数歧路，一条条通到你的无数化身之晦中。当你陷入迷宫般的跌宕起伏中，凭一根箴言的绳子来引路，你的身影就是你的闪动的谎言。而你的谎言证实了你走过的路，也可能是，只是一根绳。大海为我们制造了那么多争论和误会，每枚礁石都挺出水面来解释它们的底部是如何崇山峻岭地构成了一个大陆共同体。但大海始终是平的，正如世界是平的。海的重量不是海水的重量，约等于空气在真空中的重量。但秘密是轻的，也许是最轻的灵魂。假如天使也有灵魂，那就是天使的秘密。当她飞起来，尤其是在夜空里，她的秘密就是夜的秘密：像一个饱满的弧线，不断向各个方向运动，变幻出无数彼此交叉、分割、重叠的弧线。夜何其大！秘密的关键始终在于：飞。但夜不是鸟。鸟在夜里的睡眠像大海安静的水面。海永远也不会飞，这是她诚实而痛苦的根源。“春鱼如鸟飞（汕头民谚）。”海的翅膀是鱼的刀鳍。她雕刻波浪，划伤那些雕刻波浪的波浪之手。当她低低地垂下来，收拢在身体两侧，像你在你的名字旁收起了呼和吸的偏旁。海睡眠时，是个婴儿，光光的脑门像一片用于亲吻的沙滩。不一定有鸥鸟降临，她为这片海提供片刻的安宁。

007

YUAN REN

远人，

七十年代生于湖南。

现居长沙、深圳两地。

远
人

湘行诗记

（组诗）

里耶巷子里的瓦

在地上，那些瓦围成一个瓦堆
木材横放在它们旁边
不远处的房屋非常空荡
不知什么人把它们堆在这里
我偶然路过，又退回去
仔细地打量。它们
曾经铺在我童年的屋顶
铺在麻雀衔来的一个个早晨
现在我的屋顶没有瓦了
我也不知何时忘记了童年
此刻我路过这里，或许
我也将很快忘记这些瓦
忘记这些石头，忘记这些
将要搭成屋子的木料
一场雨在这里下，一片片瓦
在雨水里转眼变黑
仿佛一个个日子，转眼
变成街上的路，渡口的桥
它们带来远到无穷的变化
带来低语和沉默，带来
一个人内心看不见的翻涌
在这堆瓦前，我独自站了很久
没去看这场秋天的雨
是怎样无声无息地下下来

天门山洞

可惜看不到那个洞口
从山的腹部出来
雨下得很大，云把天空
擦得漆黑。我们只能看见
脚下看不远的路，水洼
布满开阔的广场，仿佛
一面湖水在这里出现
下午四点，天空已经变黑
山峰已经变黑，在黑色里
什么也不能看见。有人说
山洞就在那里，但我们
的确看不见，就像此刻的世界
不让我们看见，难道我们真的
看见过这个世界？那么
告诉我它是完整还是残缺
仅仅一场雨，就淹没掉
它所有的真相。或许世界
从不把真相交给我们。人总是
在局限里活着，一代一代
在活着时寻找真实
又在某个突然里变得茫然
——看不见的事物太多
听不见的也同样太多
但它们始终站在那里
它们不掩饰自己，也不

扮演某个角色。很多时候
我们不记得世界，永远
比我们真实，它们来自
一个永远，又将去到
一个永远，能改变它们的
永远不是自己，就像此刻
我们看见的只是黑色
只是雨和云的翻滚
世界如此简单，我们如此
就被蒙蔽。这场雨
好像永远不会停了
我们看着远处和高处
像看一个尽头，但是尽头
从来不是我们所能看见的
在那里，没有谁的人生
可以占据，在那里
只有壁立的山峰，只有大地
海水，原初的万物

茶峒码头

从码头到对岸
是很窄的江流
渡船上没有纤夫
一根小指粗的铁索
从船内穿过
码头上，石梯不多
铁索的两端，紧紧
拉直水面。船的主人
用木头扣住铁索
上面的凹口像牙齿
慢慢地收紧和吞吐
几百年的铁索
光滑、乌黑，看不见
铁内的锈迹。船动了
河水才接着动，仿佛

在河水的低沉里
一条船才触动起自己
但从船的两边望去
河水不知来自哪里
也不知要去到哪里
它两边的远处都是天空
好像天空非常低矮
一直矮到河的深处
那是我们到不了的地方
天空在那里，没有
表情，没有形体，甚至
没有等待，它只站在
远方和一条河的身上
收紧我们度不过的无穷

里耶的早晨

很久没有一个这样的早晨
雾在我起来时就已散了
从窗口望出去，是一片
没有人的菜畦，无数块石头
拥挤在菜地一边，从它们
倾斜而上的坡上，竖立起
爬满树叶的围墙。天空
非常小心地从墙上跃过
一只公鸡站在墙的缺口
抬起脖子啼叫。回应它的鸟群
始终在树叶里躲藏；一个
旧时代的标语，从树叶里
露出它的底色，似乎
雨水没想过要冲走它的深红
很久都没人在菜畦里走过了
似乎种下它们的人，仅仅
只完成他们的播种，菜畦里的
蔬菜，像是另外几种植物
非常自然地长出。天色
始终没有亮透，但很远的山
已经像在宣纸上出现
围墙后面的小学，举起一个
布满铁锈的无网篮球框
时不时被抛入框内的篮球

时不时将球板撞击得“哗啦”一响
不知什么人在操坪里打球
围墙挡住他的身体，只有
一次次拍球声从墙后传来
又在空旷里传出更远
它让我想象和断定一个少年
在水泥操坪上运球、转身
然后对准球框，跃身出手
时不时我就看见一根抛物线
在围墙上忽然出现，然后又
飞快地落下和消失，整个学校
好像再也没有他人，就像
这个早晨再也没有他人
我在窗帘拉开的窗内站着
好像第一次入迷某种声音
从早上六点到八点，一直
藏在树叶里的鸟，忽然从里面
飞出，它们张开翅膀
使这首诗，明亮地响成一片

里耶，或秦朝之地

到最后，一切都将埋到地下
地下是一个漆黑的世界
不管多么漫长，一旦
进入那个无法再黑之处
没有人知道，那些还是不是生命
也不知道，那些还会不会
记得呼吸。一千年，或者两千年
再也不会有变化，仿佛
它们在渴望更深的沉埋
渴望永远不再去看太阳
太阳和所有的死去没有关系
太阳负责照耀，地下需要的
是无穷无尽的黑，泥土本身
就是黑色，或许泥土
本身就是死亡。在泥土之上
生长着活着的一切；泥土之下

埋着曾经活过的一切

马匹、羊群、生活需要的器皿

男人、女人，他们活着时的

爱与恨，他们以为

那是最强烈的事物，但是泥土

无动于衷，泥土所收藏的只是自身

永远不去复活。因为生命

不可能复活，不会死的

只是泥土，粗硬地覆盖自身

又柔软地抱紧自身，一场雨

下过了，又一场雨下下来

一堵老城墙，一条继续

流淌的护城河，弥漫出

某个死去又活过来的世界

它们在走过来的脚下

突然又轻微地起伏

接官渡

几条船就在对岸
船是空的，岸上也没人
一堆细碎的石头
起伏出码头的古老样子
江水细长，在这里绕成
缓慢的弧形。天空里
一场几百年前的雨
一直下到今天，但是岸上
没有过来的人，也没有
离去的人，从对岸背面
看过去，是一座接一座
墓冢——浪迹天涯的人
埋在这里；衣锦还乡的人
不再离开这里；更远的古宅
很多年前就已锁紧；柚子
从树上落下，橙橘从树上
落下，粗糙的台阶上没人
宅内的庭院没人；方圆
几十公里，只流过这条
没人再渡的河。当我们
撑起一把把雨伞和沉默
就突然到了过去，也突然
失去了今天，似乎没有人
知道什么叫“此刻”。雨

下了又停，停了又下
好像只有雨，知道这里的
一切，它敲打每一块石头
敲打每一个屋顶，敲打
我们所撑起的每一个伞面
那些船，其实应该消失
如同曾在这里的锣鼓消失
烧穿午夜的蜡烛消失
赶考的书箧消失，父辈所指定的
婚配消失，爱与恨消失
八人抬起的轿子消失
等一切都消失，一切就会
还原成最初的样子，一如
这些石头的样子，江流的样子
在山坡上摇动的植物的样子
还有对岸这些船的样子
它们系在一起，微微摆动
那是它们千古不变的样子

山夜

总有一个夜晚
需要留到山上
一幢临崖的木阁楼
谁也不知是怎样建起
院子里的狗
惊讶地看看我们
又把吠叫忍在喉咙
从瓦片盖住的
屋顶下穿过，阁楼的阳台
仿佛悬空。全部的夜
拥挤在外面，从阁楼
延伸出去的亭榭
被灯光充满，它照亮
廊柱一侧，另外一侧

躲藏进黑暗，远山在远处
起伏，像一条巨大的
舌头舔住星星的脸庞
主人端来的酒在瓷碗里
微微动荡，总觉得
它很容易在夜里挥发
只是现在，可以什么都
不用思想，思想总是
压迫着人，然后改变人
有时还很像一把刀子
慢慢地剜着人，但这些
群山不要思想，灯光
不要思想，这面无穷
拉开的夜幕不要思想
它们组成一个生命里的
时刻，这时刻也同样
不需要思想。在阁楼上
站着的人都看不出多远
或许也不需要再看
无穷的夜，无穷的山
无穷的时空，都在
面对这些阁楼上的人
像面对它们亿万年来
梦想有的心跳和呼吸

石门

其实这里没有门
只有石头，在路的两边
耸立。仿佛它们
直接从地下长出，携带
潮湿的青苔，携带
身体的每条裂缝，仿佛
每条裂缝都是呼吸的
嘴唇。它们站在这里
好像在等谁，又好像
没去等任何人。它们
只是打开自己，有没有人
过来，并不重要
有没有人停留，更不重要
我们到来时天正转暗
石头搭成的门顶已显晦暗
风从门洞间穿过，右边
是空旷地上的草，时不时
“呼啦”一响；左边是更高的山
也是更大的石头，从它
身体里站出一尊佛像
它永远微笑，也永远
只看一个地方，围绕它的
是无数留言与签名，是无数
我们所熟悉的词句。写字的人

不一定知道，他的字刻在这里
像这些石头，不一定知道
自己长在这里；我们也没想过
会忽然来到这里。但每一条路
总是有人在走，每一天的落日
总是有人在看。只是今天
落日被石头挡住，我们从这里
穿过，又慢慢回转，好像只有
石头，告诉我们什么是开始
什么又是结束。风吹的口哨
比刚才响亮了一点，石头
比刚才暗淡了一点，我们
比刚才沉默了一点。其实我们
什么都没经历，只在这些
石头间走过，像在某个永恒里
走过。当我回头再看，那些石头
正在暮色里消失，仿佛一个生命
暴露出模糊和诞生时的底色

午夜的西水河堤

所有的风声从耳边退去
月亮退去，星星退去
西水河的波涛退去
留在这里的，是堤坝
是台阶，是一块块
石头铺成的山城之路
看不见这条路通向哪里
滚动的大雾铺在路上
铺在石头和树上，铺在
河水中的一条船上
全部的灯都熄灭了
从天而降的夜是一床毛毯
它柔软地盖在我们身上
盖在三尺外就无法看清的
石头路上。临江的房子
都在这时候睡去，迎面
而来的，是夜里的深蓝
它裹住河流、旷野
裹住头顶的宇宙——没有
任何声音从宇宙里传来
只有我们的呼吸，惊动着
脚下每一块石头，惊动着
船头睡去的鱼鹰，它睁开眼睛
看见四个不眠的人，在这里
散步，说话，又渐渐地消失

在里耶想起永波

在里耶，我总是想起你
三年，还是四年
已经很难在此刻想起
我有时会看那时的照片
你站在我身边，伸手
抱住我的肩膀，我微微
有点抗拒——你非常高
我有点害怕，我会成为
晚你一辈的人，只是那天很冷
我穿得少了，于是你抱住我
我们都看着前面，两千年前的
旷野，圆周样铺在我们身边
很多个世纪过去，护城河
还没有干，泥土非常湿润
城墙的垛口，还是坚硬的泥巴
在我们脚下，一块块木板
还是当年戍卒的位置
不同的是，没有人发现这里
那么多马匹埋在地下，那么多
竹简忍耐住呼吸，它们
重叠、搂抱，抱成它们
全部的生活，一年年的风
一年年的雨，一年年秋天
一年年覆盖，几乎没有人

再来这里，几乎没有人
想去掰开那些石头，看看
石头里流出的水。我们
到达的那天正在下雨
就在雨中走走吧。你建议我
戴上连衣帽，好像我们
打算走上很久。从下午
一直到深夜，雨一直没停
我们一直在走，两边的
房子没灯，该不会住着鬼吧？
今天我给同伴们描述当初的场景
两边的房子仍然漆黑，不同的
是这次没有下雨，更不同的
是上次的路面已经改变
但风还是很大，我离开同伴
独自走到城墙的脚下，旷野
和护城河还是原来的样子
我靠着墙，慢慢抽完一支烟
吹来的风，好像比上一次
更冷，我的视野比上一次
没有更深地打开，好像我
爱上的仍然是孤独，仍然是
沉默，仍然是没有人的秋天

我逐渐明白的，是很多东西
我们无法改变，有很多事物
需要投入我们的一生
一个人，总会有个结果
一座城，总会有场挖掘
一首诗，总会走到最后一行
它就留下你的名字——永波啊

008

ZHAOLAN

赵岚，

一九七四年出生，

现居上海。

去歲

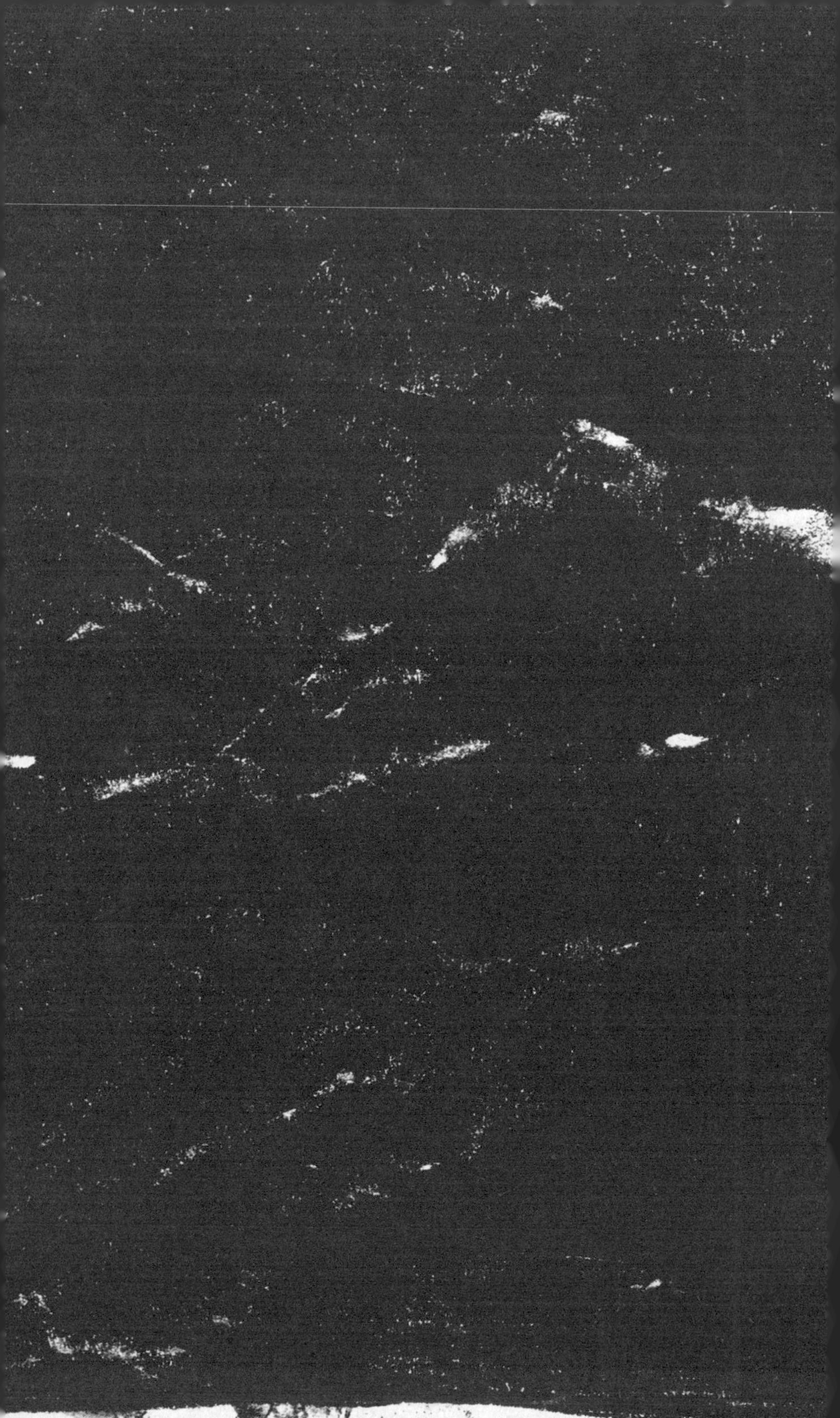

仿史诗

老人走在前面，中年，还有小孩
我们把大坝举过头顶

这是特洛伊战争的最后一章
草绳已烂，读者已死

野菜一畦畦碧绿
河湾吹来壬辰年
斯特拉文斯基写下《春之祭》
京郊宋庄开土动工
盲人歌手移居大理
我种下一支非洲百合

未死的读者，也是末代作者
你们骑着扫帚，用传教士的姿势，写一部自传

柱子的别名

在上海和四川之间
我想，就这一排廊柱
颇让人怀念

它们的底座，在水上
也是这里的入海口
每秒千亿吨的水流

它们的顶端
在山中
马驮着雾气，时隐时现

它们的中间
刻着忍冬草
最受力的部分都有修饰

爱奥尼亚式
或科林斯式
或多利亚式

这排粗壮的廊柱
给了我弥漫的空间
和两者的方位

白天，我仿照一束光
将自身投射
在一个地名上

晚上，就在另一个地名中
去捕获
那个柱式的纪念物

它们是结构之母
用地理
解释力的世界

但它是一座未完成的建筑
在两地之间
因我们的心灵，永不坚强

山羊之歌

大海带来了《通史》；阳光下
波浪一行行滚来
扑打着礁石，像公山羊在决斗
下面的睾丸，“丁当”作响

这些喘息声
串通了我的耳朵里的双核，它们
夺取了蜥蜴之城
占领了传记之城

我的画家朋友
为一个铂金比喻而笑个不停
我想写意和造型
都无非如此，只是它是咸的

我的眼里也是咸的
那个凸面球的曲率在扩大
当下一行波浪滚来
当江河已成往事

告信札

三十年后，梨花和樱花同时瞄准了我。

轰然倒下的狮身人面像

请再背一遍元素周期表：氢、锂、钠、钾、铷、铯、钫

定军山

大象是世界上最大的动物
可我们怎样去爱它
只爱那长鼻子
捉住它
即可

灰尘站了出来
它的金身多么美
斜斜地
一根根旧条纹，直插人间

梨

这是梨子，不是风吹白银
最后一个出现之前
还有一个
还有一个
还有一个

这些梨子的家族
人间的学问
我的黑头发
一个一个地吃了

像此刻的除法
有什么问题么
眼泪在双杠上呀

太阳

从那个圆形的悬崖上
跌落了下来
这一天，我并没什么损失
揉了揉四肢
直立起来
有点累
我想找点吃的
零食也行
我发现，我多了一个姓氏
在念名字的时候
我发现，它只损失了一个黑子
我想，这就是科学
这一天，它精确计算着
我的位置
那个圆形
有多陡峭
我的朋友间多少的私密
填充了多少危险
但是在古代
我确定是个英雄，用头去顶撞烈日
然后才是桃树开花

这一天，当我突然发现

我在已有的太阳神话中

又成了那第一千零一个

锤风的人

I.

疾风刮过一排排草垛
列车到站
猛踩刹车
猪圈里一阵响声
我也被摇晃着
面孔生疼
看见她们
说不出话来

这是春天
女人们蒙着头巾
在河里淘沙
一锹
又一锹
动作熟练、连贯

而前一天
插秧
是这个连贯动作

疾风到此
从西北，吹了几百公里
终于停歇下来
（它应该提前搜索了谷歌）
这是最后的村子
后面不会再有人家

II. 它的任务不是送鸡毛信

而是

（你后来才明白的）

大吃一顿

这里的人们

早已知道该干什么

修房子

蜗牛都在修

吃一顿，很简单的

河中的鱼

圈里的猪

树尖上的嫩芽

在土里深藏了一季的草根

快诗

就是，你看见我的一瞬间
我写下一首快诗

比猴子更快，
比胡适更快，

相当于过了两个三峡
（它们）首尾相连

相当于赞叹
养育着叹息

就是，你看见我的一瞬间
我写下一首快诗

相当于，三天出国
在西班牙广场

最准确的时间、地点
遇见奥黛丽·赫本

细听，麻雀在那里争吵
问候却来自下一个地点

无风

Ⅰ.教育诗

蝴蝶王的回信，迟迟未能收到
草尖上的露水
牺牲了一个又一个

来，山谷的回声
坐下来我们谈判
谁，炸毁了飞机？
然后留下了草原

这空空的麻袋
你死后
亭亭山上松是一个巨大的空白
可怕的仙人洞
还装有一所小学；
可是你，就要死了

无风是我们的第二篇章。

Ⅱ. 无风

那些骨髓里的思想
那些动物分类学的思想
那些头发尖上的思想，
那些麻雀与猫的思想，吃饭的思想
那些为继承丈夫遗志而终身养猪的思想
猪圈的思想，猪圈里粪便用途的思想

它们的害处，如同未知世界里最小的微粒
胁迫你的某个器官打喷嚏。
仿佛第一个十年结束了

Ⅲ. 那些鸟

在阳台上，我已盛好一杯清水。
它们是否会来
我不知道
在等待的间隙，我取出一本几十年前的新诗集

但难以读得深入
我想象着它们的脸，总是躲在疲惫、惊恐背后
它们不是惊弓之鸟
而是受到了太阳的箭伤，是耳朵伤、目伤和喙伤

某个时辰，我想象着它们飞来
落在栏杆上
没看见我
而是像第一次那样，找到了一口井

注：献给曾在夹边沟的人

009

ZHANG ER

张尔，

一九七六年生于安徽。

“70后”诗人，现居深圳。

張

一种声音

仅凭嗅觉，便能知道一种声音是被控制的。
从不完全的租居的楼道、市民广场、银行，
到地下铁的走廊中央。有时在教科书里会
看见它的影子被挤压，变形。它跟着一个
你或更多的你，那陌生人群中。戴红袖套
的值班员。有时它拐一个弯，和巡警擦肩
而过，有时，伸出一只胳膊搭着街上一名
妖娆的少妇。偶尔也像个幽灵，被迫湮没，
或主动消失。壮阔的玻璃幕墙爆破的碎裂
声中也夹杂着它，沼气与雾霾中，城管的
吆喝声中，救护车的哀号声中，间或，也
在早起的庄严仪式里。它经过男女的争吵，
儿童的啼哭，和教导员的训斥；经过宣誓
的白墙或黑墙，医院的绿漆，经过红色和
黄色；经过风暴，轮胎；经过坟墓和车祸
现场，超市，与潮湿；也经过卫视和卫士！
它像一个小偷，有时是一个投机分子，有
时又像个精神病患者，或者医生。它借故
混淆，譬如钟楼的鼓声，它将它向前推或
向后拨，并如无人知晓。乌鸦声和犬吠声，
或其他任何代表不同种类或一切异见之声
甚至是一个人的或一群人的呼吸声，在它
面前都是微弱的，无声的，直到奄奄一息。
这是一种声音，它让你听到，但并无感知。
仅凭嗅觉便知它已被控制，犹如虚幻一种。

雪中的国度

一夜醒来，国家被一层丝绒的新白覆盖
雨中溅泼的他日污垢，尚来不及雪藏太深
滚滚车轮，在大地间犁出一溜冒烟的地图

树杈上，松鼠左奔右跳，残雪
不时从长尾间抖落，掉入路人无辜的口袋
儿童嘻哈雾气皂泡，转而被母亲惊唤入门

苹果插播弗格森，乡镇喇叭又紧急呼吁公平的讨论
另一则资讯，乃是《纽约客》提前发布绸面的假风景
将圣路易斯弧形拱门的两翼，涂成山水分明的双截棍

这雪中的警察，骤然于一夜间架起装甲车
催泪弹，和蘑菇云。黑人们不迭以牛奶洗面
赶趁着感恩的折扣，网购几张惨白但又称心的床板

短剧

篡夺，分野，口齿乱牵涉，

宠辱不惊，急行军，夜嵌坟。

社会温润耳喉，流言煞器，

鹦鹉长舌妇，榴莲滚瓜烂熟嗅丑闻。

波音747，降落伞暗渡蝙蝠，

机翼抻平农园劳役，土建席卷。

爪哇国无疆，地平线倒悬红日半轮，

一旦，血液渗湿隽脸，剑眉怒张。

风气自新世纪，课堂豢养碌碌，

机器仰俯消防铁臂，水自天上倾来。

而你

我将皑皑雪地间
一小串动物的梦幻足印拍摄成风景的勾连
并以此取悦你

我将雪地间
一串小动物独自走过的长久无声旋即扣留
并借口向你征询

我将小小动物轻踩冰雪那形似梅花的
默默踏痕比作黯然回首
又愕然的乌有

而你
坚忍着如往
坚忍着，那一切关乎绝缘的两可或遍野的哀伤

电流之歌

那些陌生的，那些你曾行走
而依旧陌生的路
那伐去了树枝，折断枝条
将星夜绷成一道
旋转抛物弧的路
那沾满晨露与霜泪
弯曲着，心也跟向迂回
且似离弦般人潮澎湃的路
在那里，终于你们一日汇聚

你手握回形针
在你转而熟悉的畔山
夹紧你们的手，手指
与手指勾绊，牵连
卷曲之舌如法式甜饼
酥软，松脆，像挑唆
你们年龄的味蕾，挑逗
体内一亿根颈脉的电流彼此
它们拉紧转速冲向头顶
直至横发竖成了针叶林万千

契约

冰冷、杂芜、破碎，被浓烟熏黑
而依旧坚硬
在一片荒地间被拆乱。
这些残缺的砖头，灰青的土脸
像我祖先阴干的皑骨
命中死亡的昨天。
它们横仰在宗室的屋基前
曾被窑火煅烧，被烈焰炙烤
它们悲苦的身下，埋压着蚂蚁、蚯蚓
和亲人的脚印。
祖父病亡，祖母瘫痪
房子借给异乡修铁路的工人
绿色车皮引燃红色火焰
电炉烹熟他们僵冻的晚餐。
我们曾翻滚的床榻
父亲从深山扛回粗壮的樟树，

他母亲的棺木——她死的归宿
涂在鼓皮上我母亲教会我的汉字
篾制的摇窠，和弟弟木造的三轮
它们被线圈的血光吞噬
而成消逝的亡魂。
除夕祭山，炸响的炮竹
乱窜于杉木和枸骨丛间
最后一枚，在坟头伫立
泥土上青烟似铅云凝重
父亲铺开一张房契
抽噎，弯身，长久地跪着
一如沉砖的大雪骤然压向
他的白发，他花甲垂暮的晚年

注：2014年为故乡毁于失火的祖屋而作。

蒙面诗

风冻

在小小公园狭而促的夹道中

穿梭

金色的落叶卷起

旧式建筑的一层梯坡

随着时空假想的曲线，散漫向前蜿蜒

下班途中，木棉树和白玉兰光起身子

汽车的尾烟弹散在鲜亮的柏油路上

老人们穿上雨衣，跨着褪色的斑马线

妇女举白旗，儿童手握回形针，忐忑

忐

忑！

上下一心，超市空旋，极度默契

之于有限的伦理，自然超度清新空气

每天都在前进！铤向那不能触摸之轻

卷闸门黏上白色公文，墨迹坦然悬干

蒙面者挂靴，便如入无人之境，稍息

真空蒸发狰狞的“正气”，这，依然是诗！

现实

一日或永恒，镜头化出无数枚针孔
将世界汲入暗室监视的无垠。

岸边，鲟龙裸露着鳞片，缩紧
肉身，骨刺在餐盘中分离，又鸣奏。

财政腥红的曲线裹起绣球，抛挤媚眼
一名小吏挥泪无产秤砣，在地下造句、生火。

诗，这雪后滑体的词语矿山，振臂一倾
手心沁出的汗渍慢慢冷藏社会余震的残温。

美国之音

你终究失去了什么，去锯裂的贝肯大街深处
那蝇头的空椅上指认，将你的五官埋入衣领
去替换，去反复地，辨认另一个
黑色衣领中他者的五官
趁着暴风雪已下，又从垂直的旋转楼梯上方
斜抛出身体，从那里，穿过星际幽暗的拐角
人世的死角。

卫星地图将你载入一段飞蛾的虚无，拉杆箱
爆发国家火车有轨的弦奏，雄壮的地下管道
被撬开，泥土被剥出血腥，通讯电缆被拦腰
斩断，像斩开你身体的亿万羁绊与死结，
灵魂在清算，二十一克合唱
在飞……在扑火
在熄灭，在。

一位粉红卷毛的鹰鼻老太太顶着她半生假发
在公园中遛狗，她用萎缩的牙龈咀嚼生硬的
杏仁。她身旁
陆续走过混血的穷青年，她扮作喜上了眉间
夸每一位假装幸福的路人，貌似她不曾分娩
但已腹死的胎婴。她横牵着狗脑，嚼着杏仁
默数着，分泌着友邻的幽灵之液。

她假发式的上空，直升机前后盘旋
飞行员正往舱外扔掷航海日记的炸弹。
嘘，某城！那个夜行人（阴暗人世的倒立者）
从出租汽车钻出乳房的弹簧，那弹簧反弹的
须臾，滴出一幕奶汁尚未形成的狗血剧，
一枚利刃将其片刻捅破，你终究也将从树荫
后，从衣领中，昂起头，你曾失去过什么？

警车叫嚣着伪民主的黑白圆舞曲，从响铃的
大街上心虚地翻唱胸闷的赞歌。
你终于看清，那曾向你友好地点头，谦让，
拱手，避开红黄灯的人，大胡子司机，那些
内心孱弱的团伙们，那些晒太阳的和不甘心
晒太阳的，素食者，机会主义者，和利己者
教授，学者，官员，荡妇，和看客。

你腾开手，挪移你的钢铁方寸，你的字据，
你钱夹里的腰果与药片，横行在欧美亚非拉
横躺在长河落日天边。你寻访故人的出生，
物种的起源，探亲走邻壮游阔步乾坤，
拾稻粱，拾萤火虫，也拾陨落之星辰
你口中也喃喃念诵金刚经。

多少虚情的，陶醉的，谎报军机的，借腹
生子的，拐卖儿童的，抽大麻的，草泥马的
寻短见的，揩油的，排队倒电器的，打坐的
口吃的，通奸的，卖国的，集会游行的，
骂娘的，坑爹的，谷歌的，窃听的，鬼魅的
维基解密的，煽风点火的，装蒜的，法制的
又多少！

你曾听银色的竖笛沉闷独奏，芦荟的枝条像
刽子手强按向胆怯的国土，邮政递来超速的
罚单，几箱旧书乘着大海的波澜跌宕，破帆
空气过滤器残留那肮脏的盗墓者欺世的睡袍
色情的腰带捆绑了你的视听，你终究仁慈地
偏信了你的右肢，
那曾骨碎的无名指。

终于，耻辱将你从深海中打捞，海水卸下
你的双翅，你终究火化了一块时间的活化石
终究失去
那理应失去的你。

010

TAN YI

谭毅，

一九七五年生于四川成都，

现居昆明。

草跋
行之包

天至史

（节选）

浮动来赋予（傍晚的云神）

我手中的光汇聚群星丰富的名声。
他们是围绕着我的英雄。
我仰望时，他们支起
一根根极速降临的轴。
我即将拥有黑暗的开阔力量，
但此刻，我还不能通过骨中
细细的疼痛，接近你们。

那深红的、即将魄散的马，
穿过自然节令的缝隙，如一片侧光，
在这即将被覆盖的时间中丰满。
它蕴藏着奔向星球的波涛，
失去自己的光亮时，变得有声
且习惯于那布满一切的空。

这空，是一种赏赐。星球体内，
死亡之疼拉长，绕不朽运动
如永恒而不着肉体的抽打。
往世的亡魂得到了抬头的一瞬。
他们流过的血回到种子，赋予
这个傍晚接近于水的浮动力。
它迫使草木与季节来势汹涌，又在
夜到来之前，洗掉自己激动的红。

山峰（陡峭的山神）

山峰上的岩石碰到云，就碰到了
天空低沉的额头。它只思考一瞬，
便随丰富的气流散了。石面的润泽
白白顺缝隙分裂，推演起下方
那将由透明推动的流水。

一切皆以高为首，以天空之广大
呈明一切。却只有我，能赋予高
锐度。它那被英雄的斧与剑
挖掘过的暗部，渗透出遗骨中
净化誓愿的雾气。
“我愿做这里永久的漫步者。”

是的，他们生前依山势判断自己
倾斜与向上之间的得失。行动
乃是从上方涌现、等待着他们迎接的
一阵阵暴风。如今，他们的骨头卷曲着
睡了，继续守护运动，如一则则寓言。

我愿意把他们凝固在我体内的呼吸声
推到山峰上，像从森林密集的尖端上
推出覆盖前世的雨季。天空听到一阵
激烈的雄辩声，在它那思索着的云
下方，迫使一切木石，色深而尖厉。

诡（运行之神）一段祷词

当我还是孩子时，前辈告诉我，
世上的道路，在过去和未来两端、
在人看不见的地方，向着天空
上升、卷曲。而此刻，来到脚下的
只是星球垂落的、波光中的时间。
他们和我们，用音调与步伐
在昼夜的高低之间交游。

所有孩子，都听过这样的描述。
运行之神，我们的生命被你的愿望
推移。你给我们有形或幽灵的轨道。
我渴望如你一般在抑制之中
倾听天空椭圆的体性。

人间连贯而分明的四季，所显现的
无不是你推算出的家世
环绕于光阴的膝前。

让我们沿着相互连接的引力之路，
走得更远、更轻微。运行之神，
我们置身于你之中，且一再梦见
萤火虫如何支撑起一座森林的广阔。

良辰

师傅深谙语源学。他教授我们正确的泳姿，
确定每块石头被河流吞吐时划出的位置
和含义。“但真正的学问在天空深处。”
他说。确定祭祀的吉日良辰，是他的职责。
“天空告诉我们仪式的顺序。”维系语法的声音
再次从诵经中响起：我们坐于廊前，
似乎整个世界被我们的背部端正。
“文法规则有数千条。”我们摘取动词时，
也牵动了自身那根一般细长、盘绕的腿。
“纯正的呼吸从天空而来，正如雨所包含的
潮湿与明亮中，有万物生长的动因。”
我们感到庄稼绿意之发端，与舌尖一起
在经文的修正中成为吃的合作者。
我们抬头望向火星，仿佛祂正为天空
煮熟星云中的脂肪。而人世间的食物，
出自诸神用我们的眼睛制作的
不可磨灭的光。我们用看穿插和瓦解
帝国与城池，而祭祀中的良辰
像温暖的面部聚合一切，让诸神之法
在头顶上，变得详细而夺目。

运行之神：

象牙深知弯曲的适度，也颇能品尝
皓白中硬之滋味。而你垂直生成，
莫非想为天空披上青衣？可惜，
它因你连绵不断的波动而滑落。
你位于低处，永远如此。

山神：

蛇华美、多谋，却是恐惧从人类之眼中
流出的花斑。无论星球之轨道
或是人间路，都当舍弃那
不能许愿的柔枝。天体并非依浮光
转动，人前行之力乃出自品德。

运行之神：

如果向上与流转不能合一，
那时间的根基又在哪里？
河流不是丝绸，它以透明发辫织雨珠，
如明洁之心被上空的智识打动；
更能收纳底部岩石深沉的低音，
仿佛大地也有生动的肺腑。

山神：

但天空与尘世道路缠绕，使来往
成为死结。人间的果实包裹这死
结为核，又生出纠葛。四季纵然不谢，
却又向何处流转？离人如同茉莉
散落发间。唯有山能推动他们
往汇聚的瞬间眺望。

运行之神：

如漩涡状的耳廓能听音？
那正是天空的星云。世人若是懂得，
就获得了生存的霜与蜜。

山神：

不过是一种擅调情的指向力。

运行之神：

那你倾向上方的弓弦是否跨越了
人的眉目？不如碰碰你的脚心，
看你是否仍敏感于底部的知觉。

山神：

是的，我的脚心涂有人脸中的
累累花丛。它们需要黯然的枝梗
去稳定出身和高度。萤火颤动，
因积累的高而难以扭转。
此乃高之悠长，而你却不懂得
偏离困窘之路，也不知
月已在众生的窗中绽放如新。

梦中的一段睡眠（水星之神）

鱼从身上卸下鳞片，呈给黄昏的天空。
水星升起时，这薄弱意识可搭乘光
下垂的速度运行，找到花朵，
那蜜一般泛着呼吸之甜的深处。

鱼和水星流动在同一束光中。
骨头如枯叶撑开分散的轨道。
“它也知道绽放的欢欣。
不愧为我鱼身中近花的通途，
为浓荫扩出阴凉边界。”

鳞片乃偏转的梦之密度。
“水星之神，你承受那更强烈的
太阳照射，此刻可否倾斜下来，
在水波与皮肤的棉麻之间，
留下一则怜悯。

生命与生命得以在透明之中
弱摩擦地相聚。”世道辗转，
人们折叠着遇见，脸错过脸。
而水星知道流动与凝结
可削减人们的目光和身躯，
塑造深切、空想的心。

黎明时我将醒来，那映照水星的鱼
已悄然脱身回到暗处。我该出门
服伺我的柳树，它是风的嫩蕊，
比星光更羞涩的舌尖。

橙（火星之神）

"橘红色的火星已将自己的繁华降落得
很低。"当父亲触摸刚从阳光中摘下
的柑橘时，我的舌头使用了一些甜蜜的词。
味蕾们一起碰了碰火星稀薄、寒冷的空气。

晚上，玻璃灯盏中的植物油，在飞虫
细微的震动中发热。"我们此刻的光明
来自火星神，尽管他隐身尘暴，
像恭候于苍白胡须之中的智慧。"
或者，胡须只是下滑的语气：
它从不清洁的嘴中逃离，以透明
而有条理的态度挽救它的道路。

“只要面向着火星神祈祷，我们父子
就能安然。”正如火星上的陨石坑
眺望着北方年轻的平原，知道
它们在地层之中连成一片。
而夜里跑过的狐狸曾用一声悲啼
摹仿过人类颤音蹿动的喉咙。
它身体上每一根毛发都在橙红之中
吵闹起来，像等待着
去往火星团聚的、拖长了身体的砂子。

风速（土星之神）

平原上的石屋，曾运行于土星外围，
以卫星为主人带来风和收割的弧。
如今，它们被轻轻放置在大地，黄金般
稳定地运行于男童尖锐的歌声间。
划破晨昏的餐食，还在金属刀具里
遗留着父母的犁，与路途重叠处
那荒凉的边缘。灯下，它们拥抱着
无数颗豌豆饭中的家庭，
和磨灭在淀粉中的细腻欢乐。

土星拥有太阳神所允许的最高风速。
它抵达我们生活的底层：那里，
岩石和冰像骨头里擅舞的乞丐。
我们所得到的一切日子，都渗透着
死亡融化时手镯相碰的声音。
“今天，我们一同沿着梦
追踪那些萤火虫。时光就不会
在我们疏忽时白白泄漏。”男童对兄弟说。

成年后，他们在睡莲之间钓鱼时，
土星云层中的条纹，正一层层
收紧自己瓣中的双翼。而那些
被他们钓走的鱼，精明地活在
家中的灯芯草里，给他们的睡眠
笼罩上一层来自天空深处的光明。

绽放（萌生之神）

高烧中的男童，身体正升高。
死亡的乌云，在窗边慢慢
渗入朽木。精通经典的父亲
在一旁诵读，赋予儿子面庞
以珍珠解脱蚌时的颜色。
男童发亮的牙齿在话语中抖动，
母亲只听见隧道中缩减的气息声。

“我曾一再为天空喷出群星
如眉的轨道，和自身发亮的眼睛。
今天，我为你这孩童生出云的
香气，以消除重重骨骼中的痛苦。”

男童扭动身躯，仿佛寻找来世之花中的
经脉。“我将像种子那样尝尽黑暗，
而后溜走。”男童看着父亲，他的皱纹
和欲望一样，乏力如淤泥，无逃脱的可能。

“孩子，你的眼睛暗下去吧。
我将从睡眠中拔出那坏脾气的森林，
它常发出年轻的咳嗽，好从泥土里
挖出自己能行走的嫩脚跟。”

死亡傲慢的体态堵住了房间里的风。
烟尘在父母眼前落了下来。
天明时，他们一阵头疼。
连接生命的塞子被拔掉了，
陌生的空气再一次涌进来。

透明与洛傀（湿神）

如同厄运之中心心相印的眺望，
我总与发呆者或路人同行。
雨有受约束的细长，河流擅发拖音：
二者均无哽咽。而人却从眼泪之中
生出有速度的匍匐。顺他们垂落
的目光，我得到那亲近痛苦的圆，
可弹拨，也颇具拥抱之力。

“你究竟能整理什么，亲爱的湿神？”
行人问道，“为天空中的云拨亮
下降的道路？或者，从雪山驱赶羊群
进入青石和波涛？愿我得你垂怜，
已如蓓蕾般突然分裂、绽放的心，
因你的湿意而变为滑过秋霜的一瞬。”

我促使他的空想如一枚透明的灯
照耀脸庞，他却不知晓。
生存之道为天光所包围，
如同神迹保护他行走而不降落。

“我清白吗，无处不在的湿神，
当我的骨头吞咽疼痛比水中的漩涡
更快、更深？那盘踞在我身体里的疲倦，
如片瓦沾露水，转眼变为蛇脱落的表层。”

他何苦为自己担心？因痛苦
而知道天空徐徐升落的轮廓，
这就是他心中的湿神，
在积累命运，或多汁的香果。

“你释放雨中累累的果实，
按下天穹的弧度向我俯身
我和你沿雨滴边缘相互鞠躬。
看来，你深知我在这世上
已骄矜得过分。”

而那仙象，正沿着他弯曲的脊背
移动自己的长鼻，移动它
因没入尘世得到的悲伤。但草木
沿着肋骨般柔软的阶梯滋生，
仿佛时光索然逝去后，突然回返。

破晓时，云涌出，结交他梦的尾声。
而他还在湿漉漉的岩石上，缓慢地
从暗绿的思虑中溢出带光的白发。

011

FEILIAN

飞廉，本名武彦华，

一九七七年生于河南项城，

现居杭州。

凤凰山春夜

傍晚，翻看《缘缘堂随笔》，
我烧焦了一锅红烧肉。

为螺蛳换上清水，
春风桃李，嘉客难期，它们

有足够的时间，吐尽壳里的泥。
在这样浓云欲雨的春夜，

荠菜在屋檐下静静生长；
雨下之前，适合写一首短诗，

思念我入狱的兄弟。
若雨槌，彻夜敲打木鱼，

则宜于写一篇五千字的散文，
谈谈我的父亲。

我已到了古人闭门著书的年纪，
梦里，我找到了庾信的彩笔。

夏白山居

入狱兄弟接连来信，询察世事；
我叹他敲冰求火，遂寄他《老残游记》。
小院，日日读《桃花扇》，
老桐影深，家蝉声楚，似说
明三百年，隳于何人，歇于何地？
天下兴亡，关我何事！我只爱孔尚任
言说之美，扇上的声色风云。
蝉歇，偶有黄鹂、杜鹃短歌一曲；
樟门剥啄，凤仙花开三色，
邻家小女，求花染指甲；
五日后，隔墙酒叟八十大寿，为此
蒋家男婴啼哭不止。

凤凰山盛夏

蝉声四起的盛夏。西瓜般浑圆
的盛夏。莲蓬被砍头的盛夏。

保险公司小职员震惊于乡下父亲
突然六十六岁的盛夏。一只贪凉

的蜈蚣，载不动太多回忆，
在溪流翻船的盛夏。

哦，王维看云的盛夏；我忙于
擦汗，忙于与蚊蝇、熊市

争斗的盛夏；我叹气，诅咒，
无所作为的盛夏。山菊结满花骨朵，

网上凉鞋打折的盛夏，何其深广
然盛极必衰的盛夏……何时，

静下心来，编撰《不可有悲哀》？
哦，这到处满溢着告别的盛夏。

凤凰山秋居

南宋迄今，凤凰山
落寞了八百年。
这里，荒草终日冥想，
预见了辛亥革命。

六年来，樟木门斑驳，
把时代关在门外。
然而，忧惧与愤怒，
挟裹风雪，在我梦里，

死水微澜。昨夜，
我听见，树叶落在瓦上，
仿佛点了一盏灯。
小院，青石铺地，

民国的残碑，

锁着旧时代的情欲。

晨露清圆，迟桂花暗香

醒酒，我拂扫

桐叶，坦然想起过去

犯下的罪孽。

进屋，陈书满架，

像一列山脉。

大师们日夜

争鸣，视我如草芥，

却一致喜爱

我女儿的笑声。

中河垂钓

一歇儿南风，一歇儿北风，
他骂骂咧咧，这乱头风，他骂
水流太急，上钩的鱼太小。
后又嘟嘟囔囔，似在诅咒观钓者，
惊扰他用苍蝇垂钓苍穹。
东两百米，有座过河的铁桥，
不时火车，“轰轰隆隆”，
震动他左倾的陈痛，身下的泥土，
五步之内，定有一条惊蛇。
火车共和国，有人临窗望他，
一发霉钓徒，一沉滞静物，
囚禁在厌世主义者的画布上，
他从不知自己因何而钓。
果真是静物就好了，那大可不必再
去想昨晚梦见瞿秋白，更无须
黑云来时，看河面蜻蜓乱飞，
天晚了，也不用起身向流水道别。

凤凰山秋夜

中秋乍过，我为邮箱增设防火墙，
阻击北京来信，正蟋蟀入户，彻夜寒鸣。
菊花将开，月色大好，丝瓜架下，
水缸安稳，浮一只孤独的清溪花鳖；
缸底青壳蟹，切切追怀太湖茂密之猪鬃草，
双鳃间，六角形冰心激动着，
这过于玲珑、极其寒凉的心。试想我蹲下，
化一盏取光藏烟之长信宫灯；
试想我的心也如此荒冷；试想何处瓮取
橙黄清亮之绍兴花雕，浇满地怪哉[1]；
试想杜甫灵柩停厝岳阳四十三年，
那头一年的腐臭是怎样让你我不安？

1. 《太平广记》：虫，赤色，愤所生也，故名怪哉。凡忧者，得酒而解，以酒灌之当消。

山水

这些年，我观赏过李思训的金碧山水，
“悠然如在灞桥风雪中，
三峡闻猿时”的关仝山水。
游历过荆浩的太行山水，
石涛开辟的“黄山派”山水，
黄公望的富春山水，
那偏隅东南的青田山水……
追想过李成山水中的寒林平野，
他醉死在我的故乡，
不曾留下一幅真迹。
而只有凝望倪瓒的《虞山林壑图》，
我才清醒认知，事实上自己
早已死去。郭熙说王羲之喜欢鹅，

纯粹为了观察它们潇洒的脖子，
以练习执笔转腕；这些年，
我徜徉山水，
因我已来到人生中途，
深陷但丁地狱，战战兢兢，
日谨一日。整整八年，
我住进南宋马远的《凤凰山居图》，
空想着贝雅特丽齐。
到处都是魔幻现实主义，
我宁愿隐逸于空想，
“往往整个国家都靠空想才生存下去。”[1]
凤凰山上，电塔林立，
尽管如此，它还是我的贝雅特丽齐；
尽管东西南北，几乎所有
山水都上了“镣铐”，它们也都
还是我的贝雅特丽齐。
怀素夜闻嘉陵江水声，草书益佳，
钱塘江潮水，却让我的生活，越加混乱，
而“混乱已完成了他的杰作！”[2]

---

1. 《契诃夫》
2. 《麦克白》

祖母记

从女儿的神情里，今晚，突然
我看见了你。女儿好奇，照镜，追问。
而你不曾留下照片，名字，故事。
父亲是有名的“童百万”，
他教你狮子滚绣球、牡丹花开
等算盘绝技。直到出嫁，邻人
才知晓，那槐树深院，原来藏着一位千金。
接下来，生育两男五女，
时代的风雨，样样躲不过去——
土匪狰狞的黄牙，
国共激战，枪声击碎了屋顶的瓦，
土改，祖父落下早死的病根……
晚年，终于过上了太平日子。

很少出门，但恐惧

绝不会因此放过你。政府推行火葬，

你怕，只好悄悄死去；

不经任何仪式，偷偷埋进土里；

第二天，世上多了一座不合法的

小土堆；第二年，长满青草，

供我归来哭泣。而去年，

一场史无前例的平坟运动，

抹去了你人间九十年最后一缕痕迹。

012

QIYUAN

憩园，本名宋家彬，

一九八五年生于安徽，

现居深圳。

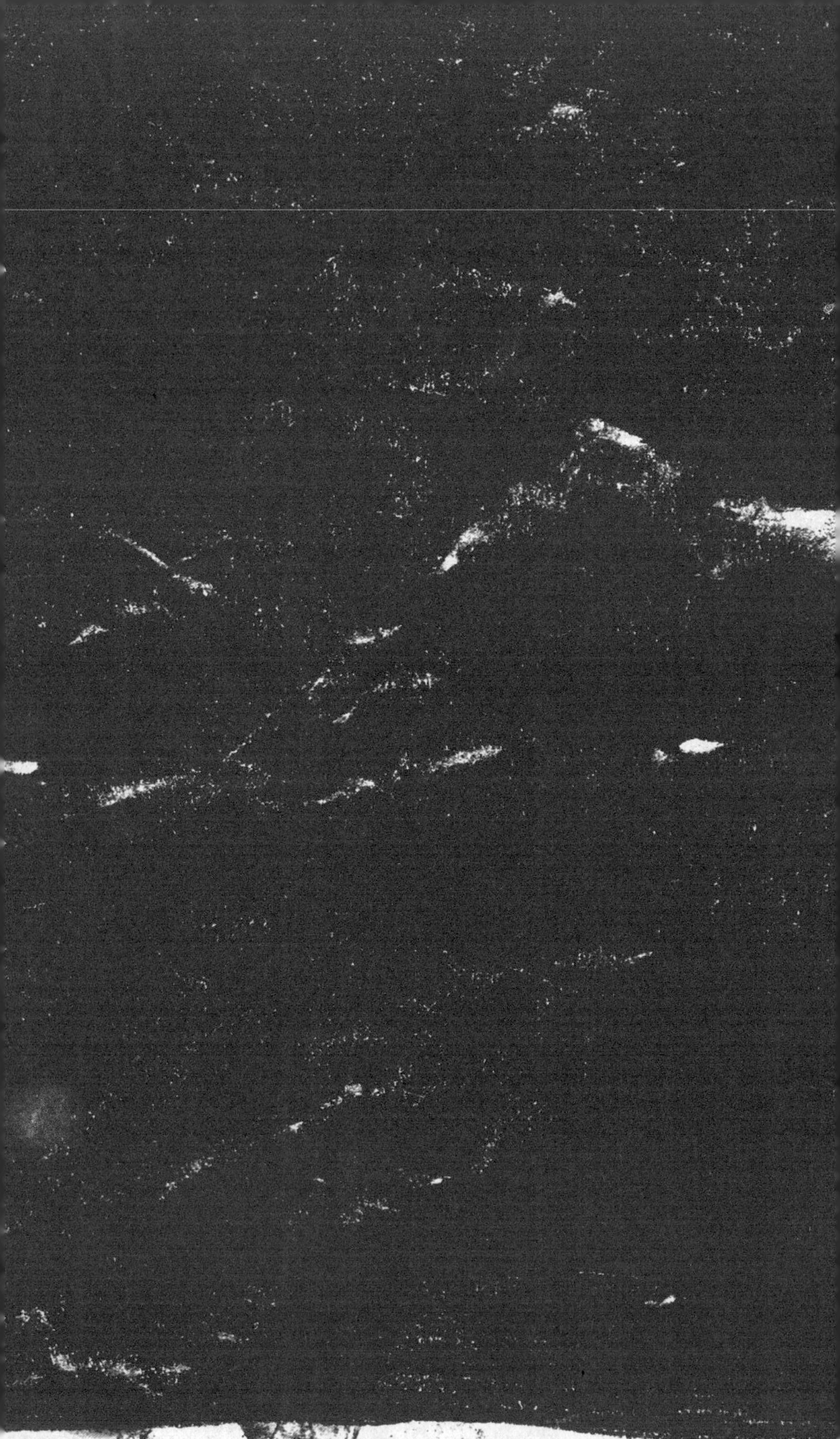

立体主义的年轻人5

明亮的早晨，

我总想说服别人，真不该。

也不切合实际。我笨嘴笨舌，这辈子不适合干这种事。

做生意的，搞政治的，玩艺术的

很多人围在桌子上喝酒，我跟着举杯。但不知为什么举杯。

女服务员不断给我添酒，她理解我吗？我不能把宝压在她身上。

我孤独着，甚至再彻底些

我希望墙上画像中的女人走出来和我搭讪。

这时候，我可以

朗诵诗歌。

难道你真的决定这么干？

你有一张嘴巴，我也有。我建议，我们接吻。

夜里睡不着，

感觉脑袋是多余的。

如果脑袋又有点大，

这种想法更强烈。有了这样的想法折磨脑袋，

脑袋会更大，感觉有很多脑袋。

十八岁的，三十岁的，四十五岁的

六十岁的……九十九岁的等等。

脑袋。

脑袋。

脑袋。

此时此刻，我在看树上的星星。

低头看盆子里的月亮，用脚搅拌月亮，

等月亮复原再搅拌。其实，我知道读到这里

你想骂人，我也想。写到这里，我烦透了。

反过来，我恰恰是你的读者。

这就变成我们两个人的事。

但需要补充：

我曾试图理解过每一位读者，

还和一位不把乳房当回事的女人

背靠背过了一夜。当然，这是第七次见面之前。

后来，我们还是分手了。那时，我十六岁，

不喜欢月亮又圆又大，还长着毛茸茸的东西。

今天月圆，我后悔了。

如果你愿意，我也愿意

蒙上眼睛，由你来做我的心理医生。

立体主义的年轻人60

用一个名字也有用烦的时候
将憩园更名“拙蝉”。以前我说一个
人，例如憩园。以后我可以说一只
人，例如拙蝉。从今以后，你们
读过这首诗的朋友，请这么喊我。

名字只是我的幻觉。望着公园的树
在灵魂出窍的片刻
一棵树用尽了它的生老病死。
眨一下眼，树仍在眼前，树叶仍在树上。
我想撞过去，我感觉撞过去了
穿透了一棵树。

这并不惊讶！

有时我感觉我穿透了京基大厦。

一晚上我都在单间里做一件事

把水倒在杯子里，又把水

从杯子里倒进另一个杯子。

最后杯子包围着我，拧开灯

我的影子被收敛在空杯子里。

二十年前可不是这样。

那时我是小学生，上课听命于老师

回家听命于父母。如今，他们都老了。

我听命于谁？深夜我有些绝望

像动漫《小黄人大眼萌》里的小黄人

活着必须听命于他们的BOSS才感到快活。

有点不知所措

既然我们在一起过，好好过。

不管怎么说，不好好过是不对的

不好好过而又死缠滥打直到你也精疲力尽就有意思得多了。

我们来到公园，前一秒还那么忘乎所以地接吻，

下一秒便开始了同样忘乎所以的近身肉搏，

像小夫妻，那么罗曼蒂克。

人有时就是这样奇怪。

晚上的你突然感觉烦闷，撕开枕头，鹅毛乱飞，你去抓

抓着抓着心情好了起来。

鹅毛与你。我想看看，

鹅变成鹅毛

之前的样子。

房客

老卢是穷光蛋。

房东是胖女人。

老卢经常指着她扭捏着的腰说，挺有弹性的。

我点燃一支烟，弹烟灰，哈气。望望外面。

灰蒙蒙的一天，女房东走了过来。老卢和她打招呼

——喂，胖妞。今天你的屁股咋抖动得那么好看？哈哈！

——你这老家伙，没个正经样！是不是饿了？

——是的是的。饿得慌。

——你想吃什么？汉堡包加热豆浆，想吃吗？

——想吃汉堡包，和你一样饱满。

——好呀，你下来呀！

——好呀，你上来呀！

来。好。晚上。啤酒。窗帘。

来，来一个——大月亮。动物园。爬楼梯。

咿呀呀咿呀呀呀呀

呀呀。你上来，你下来。来来来，去去去。

先是一个人笑，最后是一群人。像滚铁环

滚过来滚过去，没完没了。

这样有意思吗？这样

有意思吗？我睁着一宿未睡的肿眼泡问他。

他可能需要安眠药。

他可能就是我们。多有趣啊。

如此这般

一首诗写好了，在网上读的感觉

和打印出来读

完全不一样。我反反复复地读，直到不满意为止。

按住“Backspace”键，清零。我有点疯狂了。但感觉还好。

你也可以这么安慰自己，整天不做声。

关于明天，我没有更多的要求。

刚买来的手机，短信功能失灵。
维修站很多人，眼睛直直的。不像是手机的问题。
看来手机和人体之间
也可以秘密传染。一个地铁站，有几个出口。
这真是适合捉迷藏的城市，如果我们是老鼠，
并且迷恋于这种游戏的话。

今天我有点不舒服，
但说不清楚是哪里不舒服。改天吧。
不过，病好了，我更没有时间，我得感知每一个人。
相比而言，我希望我就这么一直病着。
今天的身体不是昨天的，这是错觉；
女人是好女人，只是脾气有点大。嘘，我正在感知上帝。

愤怒诗或小情诗

Y，我可以骂人吗？可以，但不要。
在轿车里安静下来，通过写作取消坏情绪。
烦心事不是好事，不便详谈，需要隐晦地叙述。
无非是象征、隐喻、移情等。
年关将近，愤怒释放出犀牛，做梦梦见
小人，踩死小人，小人不是人，
充其量算“杀牲”。骑上犀牛。犀牛
产生于意念，生化诸多境象。
我说的是谁，你知道吗？管它呢。

刚刚一次通话改变了一切行程。
好的，飞机票退掉，换火车票。火车缓慢
刚好磨练急性子，用二十五小时的颠簸
来松松身上的螺丝。
就像穿衣服久了，需要裸体。
裸泳最好，赤裸对赤裸，你敢吗？
泳池里，只有你我，
其他人都是虚幻，你会直面我吗？
如果情绪来了，我摸摸你，你会掐掐我吗？

扯太远了，就扯到你。

一千五百一十八公里，只能想念。

这真不是小情诗。当我写第一句的时候想杀人，

而写到第十三行诗我想到了你然后写到了你，

然后就是现在，

我居然乐得跳了起来。

你离得如此之远，仍可带给我欢愉。

强迫症患者

长久没有人住的房子，他住进去
感受其中的气味。如同
拧出汗水的衣服，包裹着他。
瓶子中的水仙花，好久不开了；
窗玻璃上的灰尘，
好久没人擦了。最近的深圳，一直下雨。
老板说，房顶可能渗水，
巨大的声音是间空房子。
他感到“嘎吱嘎吱”的危险。
他被这立方体压着，翻不了身；
胳膊肘遇阴雨，转不了弯。
什么三月，臭三月。你身上长出
很多霉菌，来，我用
钳子拔掉。牙齿松动了。左眼皮
抖动像橡皮筋。

这地球怎么了？也在抖动。

他渴望去美国。

我闭上眼睛，触摸世界地图。

慢慢触摸，

在精神上作一次旅行。

如果处在三维空间，我还是我吗？

如果我们并排躺在一起，

就是我们。

两只鸟，

并排停在树上，半天不叫。

太安静了，我需要换个地方。

他偏偏喜欢河边。

悲伤的人总有悲伤的理由。

给他买把手枪，看他敢不敢放倒自己。

嘣，你在河边扔石子，

看河水漫过脚踝。我羡慕你。

你扔了一天的石子，都不疲倦

我羡慕你的身体。

我羡慕开大卡车的诗人。他将车停在路边，

一边小便一边朗诵。“我爱你，

泥沙俱下的祖国。”

斯蒂芬说，“爱尔兰是

吃掉自己的猪崽子的老母猪。“

老母猪，爱尔兰。多带劲。

他打个寒颤，拉上拉链。开车走了。

每个人心里
都住着一头怪兽，需要放生。
怪兽，你有吗？你转动着
两只眼珠子。我们看到的
往往是表象。电线杆上黑白眼球组成的鸟
在飞，实则是翅膀在扇动；动车在
飞驰，实则是电源在燃烧。
喝醉了，用冷水洗脸
也有燃烧的感觉。“哗啦啦”的
冷水，“哗啦啦”的一个女人。
你在干吗？亲爱的小流氓。
这世界
太不像话了，水太深，摸不到处女。
“我始终是我，
你始终是你，
在什么条件下可以互换？”
她瞪着我们。
我们瞪着天花板。
脑袋像浮在大气中的气球，
一扎即破。简单点，衬衫短裤皮凉
鞋；再简单点，掀开裙子，满教室跑。
夜晚又黑又亮，再黑下去
我就不干了。但是她说越黑越好，
越容易明白什么是存在。

生活中，我是强迫症患者。

天天操心身体之外的东西。

看到床就躺上去，

躺上去又睡不着，

总以为屋顶上有人轻轻在滑动，

声音具体如手指。

喂，无人应答。喂喂，还是没有。喂喂喂

而滑动的声音仍在那里。

我想推开窗户却发现白天的窗户

突然不见了。怎么回事?

莫非是摩尔人的幻想的产物。

网络时代的我们，都需要

借一种方式来取消我们的孤独感。

有人在大剧院表演：他在梦里用铅笔

在普拉克西提勒斯雕刻的

维纳斯的屁股上，写下了他的名字。

我心情不好举着一只空靴子

在帝国大厦前用两个鼻孔分别闻闻它。

013

QIN SANSHU

秦三澍，

一九九一年生于江苏徐州，

现居上海。

秦之[illegible]

光照篇

至少，你不急于收拢春夜里
泄露的勇气。它们变硬，结晶，
攻向词语砌成的工事，试图
把诱惑者的舌头，锻打成你唯一的
心智的冷门。如果我说
选择即命数，你的半途而废
将翻转为节制的样板，当树影
移向脸的中线，你至少不会相信
词语，是睡前必须服下的药。
我听到你喉头微耸，但下颚
并未约定般，响起金属相撞的杂音；
它时而紧张地弹跳着
不服从肉身的零件，如你手握
雨燕般的微乳，在清晨不知所措。
我曾代替那双摸索的手
安顿你的神经，但我由此捕获了
视线末端倒放的童年
在为另一个替身冲洗底片；至少
我手指探进的空间，有螺旋般
收紧的褶皱。一片织物
或更小的封套，束紧你幼嫩的器官。
黑夜，一扇旋转的门，播撒光，
但事物的斑痕夸张着
被皮肤记忆的，不可逆的恐惧。

剩余篇

奇怪。不是凭空生出一座塔，
难道雨后的笋，也摹仿了人类
钻营着圈地，养人，在最后期限
稍稍显摆过一点生机的特权？

阳台上，我亲眼所见鸟与鸟搏斗，
却不敢把蔽住自身的灌木
想象成藏娇金屋；那些土著选民
把硬币大小的光柱，塞进自己的腰包。

昨天尚余初夏的气度，今晨
手机的地震让我从床单尽头
接纳了窗外绵雨，外加读书声里
唇与齿叩动时，脱不尽的殖民气息。

就在这潮湿的房间，我为你写诗。
而你，一座孤岛的孤儿，像甘蔗渣
被萃尽蜜汁后，不甘心让生活成为干瘪的、
美的、纤维般连通了气候的频道。

真的，三月前，母亲端来甘蔗汁，
我忍不住把银针扎进
这液态的果肉，尽管它浅尝了几口，
就证明，安全感不过是我内心的一个小隔间。

但斗室里起跳的鸽子，团缩着
显得窝囊，用身上的暗斑
蘸去我笔尖渗出的等宽的墨，却飞不高，
头抵在我胸腔薄弱的那层上。

还剩余些什么？搁笔，从好斗的鸟群
牵出不合群者，你终究瞌睡了起来。
仍抵抗着，仍在探望对面的公寓里
第几个男人在哪层窗格，闪现过。

感时诗

路过浴室，醒不如半睡。
不如取来毯子，裹这交欢的水声，
在夜间磨洗着江山，美人。
两年前，我也羞于秀肉秀恩爱，
面壁，冲过澡，想象过攻伐，
一整夜的疲倦就是锁壳里
拔不出半截钥匙，
让心事半裸就半裸着。
现在想起来，是不是另一个我
也指望一座呆板的公共建筑
率先扯下书生般的脸皮，
邀你来个公共性，叙旧，小酌？
多少年，你把内心当成涂鸦的短墙，
先画龙画虎，
再驱逐那些固执的老年斑？
真的，我眼见精钢制成的手术刀
像画笔一般，被聪明的
匹配的手操着，
也无非晨起时，往枕巾上
割几道长吁短叹的泪斑，有些失落？
它世故，但区别于
从岁月根部长出来的真正的皱纹，
不愿假装去伪与存真。
比如，半叠世人的名片
也抵不过腰间最末的牌。
在命运的托盘里，那双手

干扰过筹码的分量，翻云覆雨：
红桃K色衰，梅花7深藏芒与刺，
无非取径于终南，
侦察着，迎接新神的
到底是哪位摇篮里的婴儿。
累了。浑身是胆不如浑身是肾。
呕吐过，痉挛过，
那把刀停在耳边，尖利声让胃袋倒了个，
唯独切肉的声响提醒我
往来的情事，只能在算盘上清零；
临了，也不过在哭泣的基础上
打一手荒唐的纸牌，哎。
算上昨夜，我额外见过你
几次黝黑的愁容，
像数次整形后，新租来的虎皮。
你教唆我，心底的怪兽只学会了
咬人，吐痰，来剑却拿刀挡，
只差临街撒尿时，
递我纸巾，擦拭些什么？
但你我年轻像新擦过的刀子
故意磨钝了锋刃，
还有木柄黏在手上，脱不掉。
难道较劲如举重，也在人间顶撞过人间？
最终，夜色赠别月色，
站街的唯有我，
和一顶特别的螺旋，新的光源。

醒世篇

I

午间，雨暂时停下，
你终于起身，看成堆的盐
在相框内部散开。

风伸出纤手，揉搓着
降落地面的小雪山。
它们的出生证，挂上窗外。

那棵新晋的绿色三叉戟，
夏天的第一只脚，
在波尔卡的瓶颈中踮起新的曲度。

Ⅱ　你弯曲的身体，在睡眠中

微肿，像牙痛患者契诃夫的刀，

在咬准案板的一刻，

让隔夜的神经愈加铆紧。

随手拈来樱桃，就着晚间的气味

你乳尖般的红痘半熟。

但一撮盐在你踝边聚齐，

环形的影子包裹着

比晚妆更早下垂的，那只手。

Ⅲ 看见一支笔，削去了
命运彩票的直角，但它背后的字
你刮不透。相片里更深的眼睛
后退着，探出一把镊子。

伸向何处？你在更暗的地方，
轻吼。“昨日的邮差”，
当你谈论它，滚在水洼里的低音
能否唤醒一间新的卧室。

而腐朽赐你，也刚刚抹平了雨雾。
它的巨眼，返照着铡刀
修剪完花枝，像事后的你
与你并排躺在一起。

四月的园地

我几乎逃离了那片海水。
瘦小的脚掌，一间淡黄色的房子
——男人们谈论起养花。

四月的父亲生长在土壤里。
果子舒适地隐匿着，松柏中的活物
闪着火的双眼。父亲，
唯一的安息者，顺着络腮胡的阴影
为我寻来一只绒布猴子：蓝白相间，
脸上涂满了忧伤和饥饿。
一位母亲在山上蹦跳，含着樱桃。

没有风的日子，四周布满了
过时的温暖。那场雨伞遮蔽起来的仪式；
一丛丛涨了水的卷发。

我仍听见脚步，在我们三尺的园地。

冒着雨水，城墙在树荫下
摆满了古旧的脐带。
我们需要引用怎样的过去，当迟来者
坐在棉布上，一无所见。

窄巷诗

盲目间，同时而至的铁兽
逼我进窄巷，身下单车受惊。
挖掘机撅起长而粗的尖嘴，为路面
剖腹产。碎石子比皮球还快地滚向我，
深沟里所剩塌陷的旧情?

脚底尽是灰，晏起的眼皮里
跳着废工业的地址，五分钱一沓。
旧币早无，你还在临摹伪通货?
唯巷子宽窄不贬值。

我欲再迅再疾些，旧恋人犹母老虎
下山就晚了。抓斗从天降。
而旧日的地图早丢进炉中，廿年间
废纸以雪片的速度，更替我记忆。
出口如蛇皮袋，腿脚快，反锁进软笼。

胯下铁驴不比小赤兔，抢红灯
须早排队。硕大陷阱在前，抓斗揣秋波
撩拨我，柳下惠捂耳从头越。
旧清单何其长，只作视不见。
冬风专拣耳朵割，起劲莫若静观。

通行哨惊起烟尘天，三步并作两轮。
堕泪全怪风刺的。我说动情事小，
趁红灯刚灭，何不掐掐日子的准头？
巷里巷外怎可混作一谈。

晚来风

独你，想必仍蜷在灰蚁前
细数一两三。夜风
在你铿锵的肋骨上，拆“十”字。

你若虎腮，我执这松茸之耳
练习举单杠，悬铃无木；
摘星者与我谈，义气比丹凤如何，

灵山算不算山。日间
咋舌堆得像半叠虎皮，你瘦得
游刃，三窟被你对半开。

拟标语也靠蛮力。加餐饭
方抵得住，六年来一枝红缨
并红鞋，狡兔着实耗五寸金莲。

夜间充气，充不够雄器闲散。
入门前剪须，出了门
则拖一颗金刚拳，两端的面疙瘩

比之粉刺，亦首鼠，亦踌躇。
上座是压寨的白脸，扮一个
巡山之小将，七七金砖召不还。

我赌半个凌空，你抽签。
如是我闻：青梅汤不煮竹马，
下酒菜，孜然最自然。

有小凤，有酸汤，此是第八日。
损者亦益友，混浴于凤凰池
染无所染，褪也褪不脱这二人转。

雨后致友人

隔着长夜，我听到你内心潮热
如溺水的鱼，正经历又一次失语。

雨停之后，我仍为你寻来雨水。即使
横卧在你我面前的，只是一方见底的泳池。

你沉湎于友情：三年？或者更远。
你想象那并不存在的边界，一年深似一年

——而渐凉的肌肤，已缩成一根磁针
悬在我单薄的心脏上——

好时光已逝，你说开始时我们便已陈旧。
当无辜者在你眼中显形，你张开的

也仅是半只塞着棉絮的耳朵。你谈论我
黑暗的心，像是在用溺水的喉咙

发出一枚更沉闷的尾音。
你罔顾历史的样子，如同一个婴儿。

那片模糊的形状，在我将要背过身去
的时刻，伸出一簇微弱的光。

而你无力剪断它，无力将温热的气息捞起
从池水中，束紧自己精致的内部。

雨擦干你的周身，争执中历史将沉降于
反面。凡黑暗之处，必有轻盈的倒立。

入梅及其他

She Staked Her Feathers - Gained an Arc — Emily Dickinson[1]

上　篇

时雨陡转急，Nuages等不及扭桠枝[2]。
午间，开了屏的水晶雀，正收拢
它薄情的半扇身段。晚来天欲雨，
起舞者褪玻璃衫：水晶抑或水玻璃

一丘容得下二貉？唯恐高声语
引来无穷臂，绰一截生锈的水龙头，
徒手捉妖：要么唱个喏从良，
要么收你进曲折的管道，接受

地头蛇的再教育，上仙山便不能下凡。
收紧伞骨，争渡，一层水纹纤薄
如指片，隔着庞大与更庞大的。
雀眼眨着风暴眼，时辰已选定：

彼处雨霖铃，今朝木兰花已减字，
定风波，尚缺一捆紧的孔雀做药引。
你看它冰凉的心，在玉壶中痉挛，
弧线已干瘪，拆散了固定良心的螺丝钉。

中　篇

地头蛇胡作水龙吟，逃逸前
须紧锁那孔雀的玻璃心。庭院深几许
不如辟一方枯山水，保外就医。
雷公害了文艺病，此事古难求，

但凭你情义锁枯肠，这意料之外的
不知悲喜：细羽即细雨，打磨
半空的形状，金缕曲抖落金缕衣？
看华莱士擎虚构之烛[3]，比高处更高

的雀声，在伞面这绷紧的跳床上
却坐促弦弦转急，虎凳还是弹飞机？
三月前你蓄须以栩栩，容我秉衷情：
对美髯常怀妒意。雨骤停，

夏夜沪城不闻笛，箜篌引空喉，
空城所施无计——吴姬唔知误机。[4]
内心之Paramour早无，谈什么隔宿妆，
眼波娇利？变脸就是要赖皮。

下　篇

你舌底私藏的唱针，怎奈憔悴损
损一片点绛唇、榆木面皮，皮影人
擅唱空城计。唱机空转，转不动
剽窃的雨意；地头蛇强占黑作坊，

举计划经济的青旗，多快好省
专产永动机？行路难，难于逢场打折
的话锋，为欠费的夏风充值，
呕哑嘲哳难为情：水面清圆，

风荷一一皆不举。双关好比棉花糖，
北调拗不过南腔，锁深心，罩一只
水晶孔雀，共度云雨。而我亮出
斗大的胆，谈谈这南地的梅雨并霉雨，

或发潮的青年黑格尔？你捋两把滴水的
胡子，做一个转圜。唯掌底的独琴
似插销，拴起两片疏远的冰心，
奏一折末世曲：谐律者最擅Paramusie[5]。

1. 引诗为狄金森（Emily Dickinson）F853 / J798号诗之首句，大体可译作“她赌上她的羽毛 — 赢取一条弧线 —”。

2. Nuages即法语“乌云”意，此处“扭桠枝”系该词谐音。

3. 华莱士·史蒂文斯（Wallace Stevens）诗《内心情人的最后独白》（Final Soliloquy of the Intierior Paramour），有句曰“那点亮黑暗的至高之烛多么难以企及”（How high that highest candle lights the dark）。诗中另节“内心之Paramour”，亦本于此。

4. 粤语中“不知道”发［m4 tsil］音，拟写作“唔知”，大抵（并不确切）与“无计”“吴姬”“误机”相谐。

5. Paramusie系法语中“音律倒错”意。

过龙女湖心洲

I

迷雾正鲜，鲜不过山水皱起的两端。
是你，从不可见的深处，拆开旅途之谜？

一缕疑似的鹭鸣悬在空中，半白；
为凝固的暑热，斜插一副轻巧的发簪。

不容泄露的秘景，如造物手中的叠扇
推开湖底潜藏的导游图？一晃间

月亮晏醒，理云鬓，同将隐的落日
隔着湖对望，取一座山峰做妆台与戏台。

Ⅱ　先是彼处错身的青峰，借平行的跨江电缆
互通有无，商量着寻一个合适的焦点：

视线从船腹散开，抽取眼力的丝线
平铺或打褶，织就一段更新的景深。

木橹被取代，轰鸣的电机虚晃了几下
古猿声，方知万重山轻如纸，已渡过游船。

轻舟不再，湖底沉睡的龙女，裁半片衣衫
捏一颗颗水粒，在掌间留下咸的蜀川。

Ⅲ　无猿有鹭，抽丝般乳白的一跃
弹开近山远水，空气中紧张的勾股线

被右下角稳固的水牛拉扯。动静间
湖心洲在左舷画弧，制造一场离心的同心圆。

你从船腹挪向船首，相拥无隙的童男女
摆弄取景框，切割并组装眼前的美景：

那是山水的裸色，薄雾吹弹可破如皮肤，
无足浅淡：卷云皴，鬼皮皴，大斧劈皴。

Ⅳ 半闭半合的湖之眼，为游船划开的拉链
添一枚暗扣，减速。右舷上刚卸货的采沙船

吹哨，示意殊途同归的必然。吊臂鲜红
自信抵得过自然的引力：湖的切面

被它轻巧地磨平，而山峦间对峙的锯齿
拒绝了它锉刀上残存的柔中刚。纸山水清淡，

借身心，替换着光影叠加的幻灯片。
且看岸边翘起的绿拇指，铆紧了鬼工之弦。

THE END

本册完，更多内容详见

《诗镌》（2016卷）《诗蜀志》

YA SHI

哑石，诗人，现居成都。

SHI JUAN

《诗镌》为诗歌系列年选，拟每年持续出版，以期积累成为能够介入新诗发展进程的高质量诗歌选本，成为优秀当代诗人风采展示的重要窗口。此为2016卷，收录《诗镜》《诗蜀志》两本。

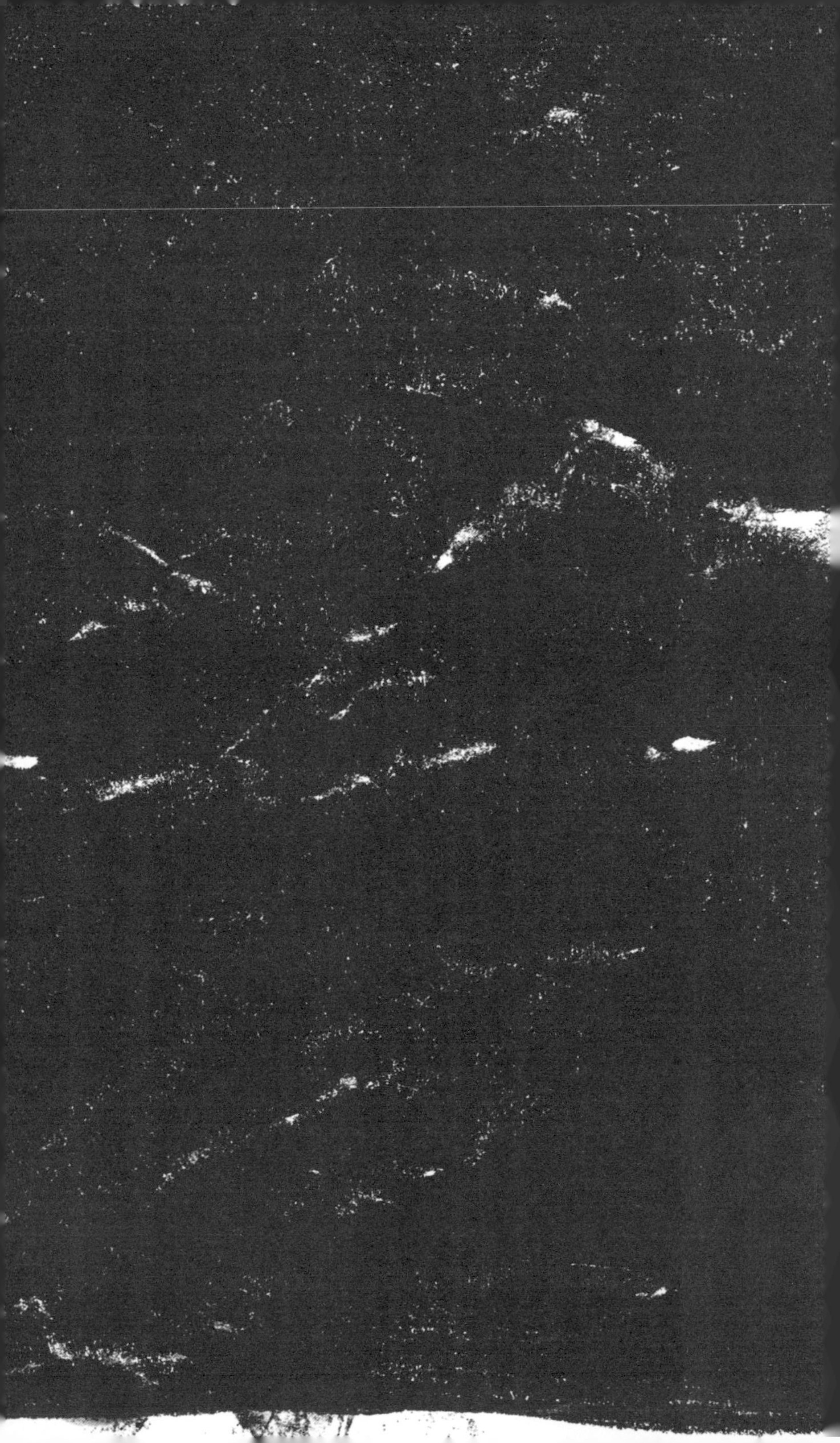

图书在版编目(CIP)数据

诗镜 / 哑石编. -- 成都 : 成都时代出版社,
2016.11
（诗镌. 2016卷）
ISBN 978-7-5464-1772-1

Ⅰ. ①诗… Ⅱ. ①哑… Ⅲ. ①诗集—中国—当代
Ⅳ. ①I227

中国版本图书馆CIP数据核字(2016)第260961号

诗 镜

SHI JING

哑石 编

出 品 人　石碧川
责任编辑　千燕飞
责任校对　李　航
书本设计　许天琪
内文手书　木　头
责任印制　陈晓蓉

出版发行　成都时代出版社
编辑部 028-86619530　发行部 028-86615250
网　址 www.chengdusd.com

印　　刷　成都市金雅迪彩色印刷有限公司
规　　格　143mm×214mm
印　　张　8.875
字　　数　282千
版　　次　2016年12月第1版
印　　次　2016年12月第1次印刷
书　　号　ISBN 978-7-5464-1772-1
定　　价　49.80元